目 录

我的青春恋爱喜剧果然有问题 10.5

登场人物

比企谷八幡
【Hikigaya Hachiman】——主人公。高二。性格乖僻。

雪之下雪乃
【Yukinoshita Yukino】——侍奉社社长。完美主义者。

由比滨结衣
【Yuigahama Yui】——八幡的同班同学。总是看周围人的脸色。

户冢彩加
【Totsuka Saika】——网球社成员。非常可爱的男孩子。

叶山隼人
【Hayama Hayato】——八幡的同班同学。人气之星。足球社成员。

户部翔
【Tobe Kakeru】——八幡的同班同学。叶山一伙人里的调皮蛋。

一色伊吕波
【Isshiki Iroha】——足球社经理。高一。

平冢静
【Hiratsuka Shizuka】——语文老师，兼任生活指导老师。

比企谷小町
【Hikigaya Komachi】——八幡的妹妹。初中三年级。

第一章
也许，不久会找到材木座义辉
也能够胜任的简单工作

　　地球人都知道，千叶的冬天基本很少下雪，但不要理所当然地认为这里的冬天就不冷。相反，千叶的冬季冷得刺骨，甚至让人觉得比可怕的雪国还要冷。

　　其实，一月末到二月的这段时间，我也没有在千叶以外的地方待过，不清楚具体是什么情况。

　　唯一能够作为比较对象的也只有温度计上的数字。不过就算天气预报的气温在零度以下，实际到底有多冷，不切身去感受一下也是无法理解的，这是真理。

　　世间有个词叫体感温度，即通过实践体验加以感觉、学习，因而产生实感。

　　若要举个例子加以佐证，现在挂在活动室墙壁上的温度计的数字与我的体感气温就存在些许偏差。

　　最关键的原因大概就是坐在我眼前的这个男生了吧。

　　明明正值寒冬时节，这家伙却直冒热汗，一面抽动着嘴角，一面用戴着露指手套的手背擦拭额头。

　　"唔……"

　　发出一阵沉闷的呻吟后，那个男生——材木座义辉无力地垂下头。接着，将脑袋完全埋入自己平日十分中意的长款风衣中，颇像一尊造型前卫的雕像，非常适合摆放在武藏小衫附近看似高端豪华的塔楼公寓入口处。

哼唧一声过后，材木座没有再讲话，沉默再次将侍奉社的活动室包围。

当然，这里不止我和材木座两人，但其他几个家伙都一副事不关己的样子。一个握着红茶茶杯，专心地阅读着文库本；一个吃着点心乐此不疲地把玩着手机；还有一个盯着化妆镜捣鼓起自己的刘海。

"唔……"

材木座再次咕哝了一声，仰望起天花板。与刚才相比，声音中多了一丝悲壮感。但还是没人做出反应。

尽管没有人理会，材木座还是不厌其烦地反复哼唧着。

大概是被烦到了，桌子对角线的另一侧传来小小的叹气声。

我偷偷地瞟了一眼，侍奉社的部长——雪之下雪乃将茶杯放回茶托上，缓缓地揉起太阳穴。

她先朝材木座瞥了一眼，再将视线移到我身上。

"……姑且问问他有什么事吧？"

"唉……可是，就算我们去问，中二也只会告诉阿企啊。"

由比滨结衣咯吱咯吱地嚼着饼干，有气无力地做出回应。整个人依旧保持着趴在桌上的姿势，只是将头扭向我这边。

虽然间隔了很长一段时间，不过就她们对突然闯入的材木座给出反应来看，今天的雪之下和由比滨还是挺温柔的。

倒是一色伊吕波比较例外，她从头至尾都没有正眼瞧过材木座，一直忘我地注视着化妆镜。话说回来，为什么你也在这里啊？算了，无所谓了，我也不再过问。

一色完全无视材木座的存在，整理好自己的刘海，又从小袋子里取出护手霜，一边哼着歌，一边涂抹起来。纤细的指尖

缓缓地将护手霜晕开，顿时传来淡淡的柑橘香气。

这么说来，一色跟材木座好像还没见过面。

不过照目前的情形来看，即便打过照面，她也不想跟材木座搭话吧。当然，反之也成立。

如此一来……正当我思考着这些，趴在桌子上的由比滨开口说道："阿企，你去问问吧？"

雪之下也理所当然地点点头。

"……啊啊，本来就是该比企谷负责的委托。"

"别擅自决定负责人啊……"

人家明明是户冢的负责人，简称户冢责。还是会制作特制团扇亲临直播现场的铁杆户冢粉哟。而且将"户冢责"用平假名标记的话，看起来很像"小户冢"，岂不是超可爱！

（注：日语中"户冢责"与昵称"小户冢"发音相似。）

话虽如此，不过在这间活动室内，能跟材木座交流的也只有我了。尽管心里很清楚会很麻烦，但如果置之不理，这家伙会一直赖在这里不走的。

"材木座，你来这有什么事吗？"

我下定决心向他搭话，材木座猛地抬起头，露出无比愉悦的笑容。

"哦……八幡！真是巧啊！"

"呃，你不用演这些乱七八糟的……"

"咳咳，这样啊。其实，我有那么一点小烦恼……"

材木座突然顿了片刻，郑重其事地摆好坐姿。我也不由得挺直了背脊。

"我一直烦恼不知该不该当编辑，应该跟你说过吧？"

"是吗？还是第一次听说呢。"

这家伙又开始漫无边际地胡诌了……正当我这么想的时

候，旁边的由比滨小声地嘀咕道："不是轻小说什么的吗……"

居然还正儿八经地回应他，由比滨真是善良。另外两位基本选择无视。方才还有一丝在意的雪之下听完材木座的回答，大概心里默默地断定没有询问价值，就神情淡漠地继续翻阅起手中的文库本。原本就没有兴趣的一色现在则专注地用睫毛夹摆弄着睫毛。

不过，由比滨的质疑非常在理，材木座的梦想本来是成为轻小说作家才对。虽然中途有段时间扬言说自己要成为游戏脚本作家，但很快又变回了轻小说作家。居然在如此短时间内数次颠覆自己的言论，莫非这家伙最适合的职业是政治家？

总之，我先以视线询问材木座改变心意的真正缘由。材木座一脸为难地抱起了胳膊。

"呼唔，轻小说作家在娱乐界可是最没地位的，随便什么人都能从事这个工作。就算误打误撞当上了轻小说作家，也不会有人羡慕，光是听到轻小说这几个字，别人就已经很嫌弃了……"

说着说着，材木座的表情变得阴郁起来，随后，他猛地睁开眼睛，郑重其事地说道："……我早就注意到了。"

"注意到什么……"

尽管我对闪过一道光芒的眼镜深处的眸子有种不祥的预感，但还是忍不住问了出来。接着，伴随着椅子发出的一阵清脆响声，材木座激动地站了起来。

"写了要挨批，不写又会被无视！业界中的道牙石！这种工作还有做的价值吗？"

铿锵有力的语调冲击整个活动室，甚至在我的脑海中不断回荡。等余音散尽，材木座再次端坐下来，活动室又重拾静谧的气氛。

　　明明刚才的声音那么响亮，活动室内却迟迟没有什么反应。方才还在倾听材木座讲话的由比滨，也不知何时把注意力移回了手机。

　　眼下只有我还在正儿八经地关注材木座的发言。虽说早已习惯孤身一人，但这种孤独感还是很煎熬啊。

　　"是……是吗……你懂的还挺多的嘛……"

　　对于材木座浮夸的苦情戏码，我无法做出合适的评价，只好随意敷衍。而材木座却撇嘴一笑。

　　"我在网上看到的。"

　　好牛！因特网真是太强了！网上果然什么都有啊！

　　至今为止的对话已经强烈地刺激了我的满腹中枢，愤怒的情绪即将爆发。材木座却依旧继续着他的高谈阔论。

　　"从这方面来看，当编辑就非常帅气！除了生活稳定，还是具有创造性的职业，跟动画现场也会走得很近。如此一来，跟声优结婚就不是梦啦！呼哈哈哈！"

　　"想法真是够美的啊，你小子的脑袋是麦当劳的 happy set（开心乐园套餐）吗……"

　　即便是圣诞节、新年还有生日扎堆一起过也没这样的好事啊，万圣节跟情人节一起过还差不多。话说回来，"万圣节快乐（Happy Halloween）"和"情人节快乐（Happy Valentine）"似乎在世界各地十分常用，不明白有什么好庆祝的。情人节可是瓦伦丁神父的忌日啊……那是不是到了愚人节也要对人说声"愚人节快乐（Happy April Fool）"呢。

　　现在的人不管说什么都喜欢加上"happy"一词，材木座的思维方式也是 happy 到糟糕的程度了。要说哪里糟糕，反正就是非常糟糕。就他的终极目标是与声优小姐结婚这一点来看就糟糕透了。

这个时代结婚率本来就非常的低，区区一名轻小说作家怎么可能跟声优小姐结婚呢？别白日做梦了！

虽然很可能会伤害到至今为止生活在自己美好幻想中的材木座，甚至有可能让他从此闭门不出，但我还是得告诉他什么是现实，这就是所谓的同级生的情谊。

"材木座。"

"什……什么事……"

不知是因为我无意中压低了声音，还是我的话语间很有气魄的缘故，材木座惊愕地端正坐姿，笔直地盯着我的眼睛。我维持与他四目相对的状态，缓缓说道："你上中学的时候是不是经常会这么想，我上了高中就能交到女朋友了？"

"嗯！"

也许是被我一语中的，材木座额头上冒着油脂和汗水，陷入沉默。我继续发起攻势。

"而且，你现在应该也在想上了大学就能交到女朋友了！"

"嗯嗯嗯嗯！你……你怎么知道的……"

还用问吗？答案显而易见。

"因为每个人都这么想过……"

无意间发出感慨的声音。没错，我曾经也这么天真地幻想过。毕竟儿时的我不知天高地厚，或者说不谙世事，甚至认为到了 25 岁的年纪，我应该已经结婚并有孩子了。然而经历过初中高中的日子，亲眼目睹世间百态及所谓的现实之后，我被迫将自己的理想在可能实现的范围内不断向后调整。如今的世界容不得一丝小小的幻想……

想到这里，我不由得漏出一声干笑。材木座也赞同似的发出一阵沉重的叹息。

这时，耳边同时传来刻意清嗓子的声音以及微弱的嘀咕声。

"每个人……都这么想过啊……"

"嗯……"

扭头望去，原本沉浸于文库本的雪之下抬起头往这边瞟了一眼，与我的目光重合后又立即挪开。摆弄着手机的由比滨也突然停下手中的动作，神情苦涩地僵在原地。

活动室再次鸦雀无声。嗯？怎么都默不作声了……

正当我被微妙的气氛感染而坐立不安的时候，一色从化妆镜中移开视线，朝我们这边瞟了一眼，接着轻轻地叹了口气。

"……这些都不重要，问题是出版社有这么容易进吗？"

看她一直事不关己的样子，还以为压根就没听我们谈话呢，没想到还是听进去了。

随着一色的发言，凝固的空气终于得到解除。虽然她没有刻意向谁发问，雪之下还是歪着脑袋回应了她的问题。

"我听说出版社的门槛还是挺高的……"

"嘿……好像很辛苦的样子呢。"

由比滨的回答完全是附和。话说这孩子知不知道出版社是什么性质的公司啊……

总之由比滨的事情先搁置一边，雪之下说的话非常在理。我也曾经听父亲说，要想去大型传媒相关企业就职比登天还难。如此说来，想要挑战那种高难度工作的材木座的内心是有多么沉重……我感慨地望向材木座，而他却意外地很冷静。

"唔唔，我也在网上查过了，好像是很难进去。"

材木座抱着手臂，心领神会地点点头。

"不过，我还是不懂……那到底有什么难的……轻小说编辑什么的明明闭着眼睛都能做啊。不过是读读别人写好的原稿，这种简单工作谁都能做啊。再者就是向'来当小说家吧'上的排名靠前的家伙发送出版意向询问的邮件而已啊。"

"哦……哦……"

很难想象这些话居然出自一个曾经立志成为轻小说作家的家伙之口，不过普通人也不太了解轻小说编辑具体是怎样的职业，会产生偏见也是无可厚非的。

按正常角度来分析，轻小说作家绝对是超辛苦的职业。光是应付材木座这种思维跳跃的轻小说作家就够怒火中烧了吧……越是没用的轻小说作家似乎越容易将责任推到编辑身上。

"不过，这种事情不亲身尝试是不会知道的。"

听完我说的话，材木座哑着舌头摆了摆手指。这家伙真的好烦人……

"求职对策我当然早就考虑好了。"

"呵……说来听听。"

"应届毕业生肯定很难被录取。不过，如果是跳槽的话就不同了。像我这种级别的，可以先潜入某个杂志社或者小出版社，在那里混够经验再考虑跳槽。"

材木座奸笑着将身子往后一仰，极其傲慢地说道。不可思议的是我居然认为这家伙自信过度的发言很有说服力。

"哦……没想到你考虑得挺周到的嘛……"

由比滨很轻易地就上当了。

"不，首要问题是你要怎么进入那些所谓的杂志社或者小出版社呢……"

如同画卷般的职业规划，问题是这幅画是经过强力抽象变形的画，没有丝毫现实的气息。雪之下立刻看穿材木座话语言论中的破绽，皱着眉头摆出严肃的表情。

"中小型出版社也很少会招新人吧……"

然而，材木座非常自觉地忽略了这些对自己不利的疑问。

"所以我想到一个办法。如果从学生时代就有编辑经验，

就很容易进入 GAGAGA 文库就职吧……"

"你也太小看 GAGAGA 了吧……"

再怎么说，GAGAGA 也隶属于天下三大出版社之一的小学馆啊……虽然这么说好像有些贬低世间其他出版社，不过，别在意细节啦。

问题在于材木座接下来的发言。

"所以，为了积累经验，我去创作一本同人志，你们觉得如何？"

"呵……是吗？那加油！"

"唔唔……但我还没有找到能和我一起创刊的'真正的伙伴'。与我有共同品味，能够在关键时刻给予建议的'真正的伙伴'……"

"哦哦……"

这个听着让人特别挠心的词是怎么回事……我怎么有种不祥的预感……一阵恶寒袭上心头，我不禁浑身发抖。材木座轻轻地将手放在我肩上，像是在安抚我忐忑的心情。

接着，他向我投来仿佛要照亮全世界的笑容。

"所以……八幡，咱们一起做吧。"

"我拒绝，再说我也不是你的伙伴。"

我是不会被这种"矶野，来打棒球吧！"一样浮夸的热情所打动的，这种家伙必须要远离。不过要是给我钱的话，倒是可以考虑一下。

（注："矶野，来打棒球吧！"出自漫画《Captain》里中岛的口头禅。）

"八幡——我还以为我们一直是好伙伴呢！为什么要这么残忍地拒绝我？好过分！好过分！"材木座气得大声号叫。

谁闲得没事愿意给材木座这种家伙收拾烂摊子啊？正当我

打算无视材木座愤愤的抱怨，突然传来一声化妆镜合上盖子的声音。

"请问，同人志是什么东西呢？"

"这个嘛，简单来说就是自主制作的书。由自己绘制漫画之类的，然后印刷成书籍。"

"哦……"

尽管我做出说明，一色的头顶依旧跳跃着无数问号。毕竟我不是那方面的专业人士，还真不知道要怎么解释才容易被接受。

正当我不知如何回应，坐在斜对面的由比滨颇有气势地举起手。

"这个我知道！就是人们说的Comiket吧。自己画漫画的那种。前段时间姬菜好像跟我提起过。"

"虽然理解非常粗糙，而且海老名同学真正感兴趣的其实是那个，不过大致没错。"

我刚说完，雪之下不敢苟同地歪起脑袋。

"不只限于漫画吧？在我看来，更多的是偏文艺一点的作品。"

"嗯啊，你说得也对。"

其实，非要究根问底的话，应该是某些有名的文豪或者大作家们发行的作品才对。《白桦》以及《我乐多文库》之类的似乎都载入教科书里了吧。

实际上，不光是漫画，同人志还包括评论本、考据本以及写真集之类的作品。不单单是类别不同，其中的内容也是千差万别。

再多说一句，即便是评论本，也有军事评论、上季动画的评论等划分，甚至还有周日动画的猜拳必胜本。另外，若是规

模稍大一些的同人活动，不仅局限于书，还有 Cosplay 以及自主创作的动画、音乐、广播剧 CD、角色周边等，真的是五花八门呢。

听完我对于这方面的大致讲解，一色点了点头。

"哈，Comiket 吗……这么说来，好像是听说过呢。"

原来你知道啊，雷电。

（注：出自漫画《魁!! 男塾》中的经典台词。）

不过，最近在电视上也播过这方面的专题讲解，知道 Comiket 的存在也不奇怪。

但是，一色的理解似乎有些偏差。

"那种应该超赚钱吧?"

一色两眼冒着光，猛地凑上前来，饶有兴致地前倾着身子，以可爱的眼神询问道。她这动作倒还挺像纯真无邪、清新可人的少女，可嘴里的内容怎么就那么俗呢……

"不，也不一定赚钱。大家都不怎么考虑成本收益什么的。"

原本同人志都是以"喜欢"为前提制作的，不是纯粹为了盈利。不过，具体情况我也不是很清楚啦。实际上大多制作同人志的社团，情况好的也顶多维持收支平衡，除去各种开销变成赤字的也屡见不鲜。

"既然都没钱赚……那还要做?"

一色捂着脑袋不停地念叨起来，似乎不能理解的样子……

"这就是所谓的兴趣的世界吧。"

雪之下也点了点头。对于在红茶、熊猫、猫猫相关商品上花费了大笔金额的雪之下来说，这一点可谓深有体会。

"不过，听起来好像很厉害呢。"

咯吱咯吱地嚼着点心的由比滨，语气并不十分激动，不过这才是她的风格吧。接着她又叹了口气。

"同人活动本身并不稀奇，而且，也不仅仅只有御宅族对出书感兴趣吧。"

"原来是这样啊。"

一色看似还未理解，回答的语气中充满讶异。对于一色这种与同人志相关文化没有交点的人来说，无法接受也是理所当然。不过，也存在其他相近的例子。

"不是经常有大学生制作免费杂志之类的吗？就像这种啦。"

我刚说完，由比滨激动地拍了下手。

"就是校园祭的时候发的那个！"

"……啊，那个我也知道。"

一色也有了大致概念，连连点头。

"对吧？其实，免费杂志也就相当于高意识系的同人志。"

"虽然经你这么一说变得有些怪异，不过我还是意外地听懂了呢……"

大概是回忆起讨厌的往事，雪之下按了按太阳穴。真巧啊，我说出高意识系这个词后，突然也很头大呢。

"不过，说到 free paper（免费杂志），里面肯定会存在若干 bias（偏见），不过还是有一定的 consensus（共识）。当然，简单来说，free paper 毕竟是 case by case（逐项分析），为了得到明确的 agreements（结论），今后也只能作为 influencer（影响媒介），在不断 try&error（尝试 & 出错）的过程中完成自己的 commit（使命）吧。"

"学长，你在说些什么啊……"

一色露出十分嫌弃的表情，甚至将椅子往后挪了几厘米。

"啊啊，抱歉，不小心意识抬高了……"

"我看你是意识模糊了吧……"

雪之下也无奈地叹了口气。

不管怎么说，就兴趣这点来说还是共通的。

制作免费杂志的家伙跟同人社团基本没什么差别。说白了，他们只是被归类为"高意识系"的御宅族。

如此说来，只要有题材和足够的人力，就能够制作出同人志。

"然后呢，你打算做什么样的书？"

听完我的提问，材木座沉思了片刻，接着，颇有气势地抬起头，以十分严肃的表情开口说道："呼唔，果然还是小说比较合适……我没有什么特别擅长的领域，也不会画画。"

理由真是太恶劣了。

"因为不会画画，所以要当小说家！"能不能别老是玩这种低俗的套路……麻烦你找点正当的理由，哪怕说因为自己迟迟找不到工作，所以想尝试当轻小说家也比这个好啊。

"说到底还是轻小说啊……想写轻小说的话现在网上有很多地方可以发表吧。比如你刚才说的'来当小说家吧'之类的。而且，选择这种方式成功的几率也更高吧。"

我以为自己提出的建议对材木座来说非常有参考价值，然而材木座的反应却很迟钝。

"唔唔……我不太喜欢那个。"

"为什么啊？不是挺好的嘛，现在可是非常火啊！异世界转生挂宫无双。"

"……哈？"

话刚说完，一色立即发出像是在说"这家伙在说什么呢"的低沉语音。

干吗摆出这副表情啊？真让人火大……我刚刚说了什么奇怪的话吗？

仔细一想，我刚刚的话似乎是有些奇怪。

女生阵营嘎达嘎达地将椅子挪到一起，悄悄地讨论起来。

"异……世界？挂？他刚刚说的是什么……"

"挂宫……是什么？"

"怎么听起来像鳕鱼条？"

（注：挂宫和鳕鱼条发音相似。）

一色喜欢的开胃小菜还真是独特啊。

所谓异世界转生挂宫无双，就是主人公转生到异世界，使用外挂能力横扫世界，建立起后宫的故事。糟糕，本来打算稍微说明一下，但这样更容易让人陷入云里雾里啊。

算了，这玩意只有感兴趣的人才会看，不喜欢的人强迫也没用，就别妄想能得到所有人的理解了。

异世界转生开挂或者说轻小说这类的，只要能给喜欢的人带来乐趣就行了。

而且，这道理不仅限于轻小说。

任何事物皆是如此，不管是语言还是心意。

只要准确传达给想要以此取乐的人或者想要告诉的人，就足够了。

然而，不知为何，材木座就是无法理解。

眼下的材木座因被我们撇在一边，正手舞足蹈地发起控诉。

"不对，我指的不是这个！关键不在人气或者点击量什么的，我等完全不在乎这些！不过，我对那个什么作品排名、上排行榜这样的事十分讨厌！我才不想自己的作品被摆在屏幕前任由别人比较！"

发表完毕宣言的材木座瞬间给我一种帅气的错觉，不过话中还是存在不少奇怪的字眼。我脑海中浮现的答案当然也只有一个。

"啊。嗯？轻小说还要排名吗？也对啊，亲眼见到自己的作品不受欢迎也确实蛮痛苦的。"

"不！不是的！我不在乎排名、排行、数字、评论这样的东西！排名不过是一种判断标准而已，只需要鼓起勇气放手一搏！"

材木座气势恢宏地喊出自己的口号，不过有些事情只凭勇气是无法跨越的。材木座真正在意的东西岂止是暴露，早就被在座的人瞧得一清二楚了。

"……这样啊，这么说你其实投过稿，然后受挫了？"

"进步非常大呢！把那种东西发到网上本来就需要相当高的觉悟。"

"没错没错，勇气可嘉，勇气可嘉。"

雪之下与由比滨也半惊讶半佩服地称赞着材木座——姑且算是称赞吧。对吧？虽然我感觉有点像高层次的讽刺！话说回来，雪之下那句话绝对是百分百的嘲讽吧！

不过，我倒觉得可以适当夸奖一下材木座。

别说晋级新人奖，连像样的原稿都无法完成的男人居然敢将自己的作品发布到众目睽睽的网络上。想到其他家伙读完后的痛苦表情，我的心情就变得十分愉悦。尽情地去折磨大伙吧，等到所有人都被折磨得痛苦不堪之后，世界就和平了。

正当我想着这些，材木座不以为然地摆了摆手。

"不，我没投稿。只是见到了其他遭差评的作品，才这么觉得的。"

"啊，这样啊……"

看来世界和平之路依旧遥远。

真不愧是材木座。废柴 wanna be 的称号果然不是浪得虚名。不，反过来想，见到别人的作品被批得一无是处，材木座居然能揣测出作者的心情，看来感受性还挺强。嗯……说不定还真适合当轻小说作家。

不过，我个人觉得，要想当上一名轻小说作家，最重要的不是感受性，不是文笔，更不是构造力和想象力的丰富程度，而是钢铁般强大的内心！

不管受到怎样的评价也不认输，即便卖不出去也不气馁，不在博客和推特上发牢骚，就算有点人气也不得意忘形，不在乎一些名人的冷嘲热讽，就算因各种事情引发争端也不轻易示弱，不被眼前的悲惨状况所束缚，不过分相信自己的实力，甚至不能相信自己，不去考虑将来以及年老后的不安。想要哭泣的孤单夜晚，即便听到好消息也不抱太大期待，不在乎外界的数字，没有灵感也不要自暴自弃，临近截稿日期也不要逃避，不要忘记时刻对周围的人保持一颗感恩的心。

这"16不"才是轻小说作家必备的品质。

内心的强度，才是最重要的。好像《有妹就够了》这部轻小说里面也写过这样的话。不，也可能没有，说不定真的没有。

不过，材木座又不是职业作家，没什么能耐也是众所周知。为了不使事情变得太麻烦，得想办法劝导他才行！材木座的内心简直就是豆腐做的，我都很想请他吃火锅了。

我摆正坐姿，清了清嗓子。接着，以比平时还要冷静的声音缓缓说道："材木座，你制作的同人志可能一本都卖不出去。亲眼目睹那个现实太痛苦了，不是吗？"

大概是这幅画面真切地浮现在脑海中，材木座哼唧了一声，无言以对。无论是夏场还是冬场，都必须忍受着酷暑和严寒，独自站在摊位旁等待，一边听着旁边摊位传来的顾客与Cosplay看板娘打招呼的声音，一边眺望着对面社团排起长龙的样子，为了逃避自己面前纹丝不动的同人志，只要抬头仰望

蓝天……这种状况，材木座能承受得了吗？不，绝对不行。

终于，材木座无力地耷拉下肩膀，用力地挤出几个字。

"……你说得对。"

"既然想当编辑，不一定要做同人志，其他方法或许更有效果哟。"

"呼唔……原来如此……"

也许是内心受挫的缘故，听完我的劝说，材木座坦然地表示接受。很好很好，这样一来，我就不用陪着材木座做什么同人志了……

声音洪亮的材木座顿时陷入沉默，整个活动室再次被寂静包围。正当我以为事情可以告一段落，打算安心地舒口气时，耳边突然传来一阵清脆的咬饼干的声音。

"不过，要怎样才能当上编辑呢？"

由比滨边嚼着饼干边说道，材木座猛地抬起头。

"唔唔，我也想知道……"

经他们这么一说，我也有些好奇了。

"要不查查看……"

材木座有言，网上什么都有记载，无关紧要的东西也照样能搜到。

"雪之下，借用一下电脑。"

"……这里可不是电脑房。"

尽管嘴上抱怨，雪之下还是站起身，扯过笔记本电脑，迅速地做着准备。

我立即将椅子挪到电脑前，打算询问一下谷歌老师。身旁突然"嘎哒"一声拖过一张椅子。

扭头一看，雪之下已经坐在我的右侧，从包里翻出了眼镜。

轻轻撩起满溢光泽的黑发，雪之下犹如佩戴皇冠似的，非

18

常小心地将眼镜戴上。

纤细的指尖缓缓地从镜框上移开，细长的睫毛每眨动一次，仿佛就要触碰到镜片。准备完毕的雪之下自顾自地点点头，将椅子向前挪了一下，仔细地凝视起显示屏。

漆黑的长发随着她的动作轻柔地滑下，飘来一股洗发水的香味。

好近……

冷不丁地坐到我右侧的位置，还真有点难为情。为了保持距离，我不由自主地扭动起身子。与此同时，隐约传来的柑橘系香水的气味不断地搔弄着鼻孔。

不知何时，由比滨也默不作声地坐到了我的左侧。

她将下巴靠在桌上，整个人无力地向前趴着，期间我们的手肘不小心碰到一起，眼神闪躲地对视了一瞬，我立即条件反射地挪开。

本指望她能给我腾出点地方，然而由比滨只是悄悄移开了视线，手肘并没有挪动。我只好自觉地挪了挪身子，制服外套却不小心碰到了由比滨的短裙下摆，微妙的摩擦声使我浑身都像冻住一样。

好近……

而且，背后也传来轻微的气息。

耳边突然传来室内鞋的橡胶鞋底与地板摩擦的声音。

扭头一看，一色站到了我的身后。她将头伸到我肩膀上方的位置，也认真地凝视起电脑的显示屏。

可能是承载了部分体重的缘故，搭在肩上的玉手的触感以及体温微妙地令人相当在意，浅浅的呼吸不时传入耳畔。一阵凉意顿时袭上背脊。

我说，真的好近啊……

由于两侧和身后的位置都被占据，我只能极力前倾。

出乎意料的是连正前方也遭到封锁。

材木座走到我的正前方，好像妖怪大入道一样，从上面俯视起电脑。

（注：大入道是日本传说中广为人知的妖怪，常常用一双巨大的眼珠俯视人类。）

太近了，滚远点。

承受着全方位带来的微妙压力，我一边缩着肩膀，一边输入浮现至脑海的关键词。屏幕上很快显示出多条检索结果。

"求职网站和求职论坛……哈，简直就是出版系的求职预备学校啊……而且还很多呢……"

"啊，阿企，这是什么？"

正当我扫视着屏幕上几条显眼的条目，由比滨突然伸出手指了指其中一条。雪之下也条件反射地将头凑过来，念起了上面的内容。

"成功体验谈……好像是得到出版社内定名额的人的博客呢。看一下这个吧。"

"学长，快点，快点。"

一色焦急地拍着我的肩膀。都说了，你们离我太近了啦！我背上全都是汗了，能不能再稍微远离 15 厘米的样子呢？

我顺便瞟了瞟视线前方的材木座，这家伙也用力地点点头。

"唔唔，这个不错。"

"……好吧，那就看看这个。"

刚点开目标链接，页面就跳转到类似成功体验谈的主页。

页面顶端的位置，醒目地标注着《绝对 top 内定！健健出版社求职活动成功体验谈！！》的标题。

"那个……top 内定是什么意思？内定还分第一名和最后一

© ponkan⑧

名吗?"

"稍微等等。"

旁边的雪之下麻利地伸出手,打开了别的标签,开始调查起关于 top 内定的信息。期间,黑色长发若有若无地搔弄着我的手背。我很自然地把手缩回到膝盖上,使得坐相十分挺直端正。

显示出检索结果后,雪之下指向其中一条。

"虽然不会公开,公司内部似乎确实会给内定者进行排名。而其中的第一名就是 top 内定者。入职的时候,此人会被列为干部候选人,在调配岗位时也会比较有利……大概是这样的。"

"不知为何,只是听到干部候选人这个词就感觉非常不安……"

体内顿时犹生出一股好黑暗的感觉。就相当于"家一样的感觉""年轻人的舞台"这种令人不安的词汇。开始担心起健健同学的未来。

好吧,既然都目睹了如此恐怖的内容,顺带再看下这位健健同学最后是否真的以 top 内定身份成功地当上了出版社的社畜呢,让我们共同瞻仰一下他的光荣轨迹吧。

我滚动着页面,继续读了下去。

《绝对 top 内定!健健的出版社求职活动成功体验谈!!》
本博客会一点点追踪并更新获得出版社 top 内定的详细过程。

All right reserved kenken

1.填写入职申请(entry sheet)
就是被简称为 ES 的那个呢(笑)。
除简历、工作经历、入职动机之类的固定提问内容外,还会有作文、三题小品、最近关心的新闻、现在备受关注的三个人物、最丢人的失败经历……每家公司都会设置自己独特的提问项目，有些公司还会留下半页空白，要求自由发挥，尽可能地介绍推荐自己，这种稍微有些另类。

求职课应该也会保留过去的ES样本，从学研或者社团学长那里借来参考也是个不错的对策。

补充：关于简历方面……

最近有很多公司的入职申请不要求写大学名字，学历过滤也成了选择性的筛选手段。其实，我个人对学历过滤也抱有怀疑的态度，取得名企内定名额的很多都是名校毕业生的原因，并非出于品牌效应，而是有资格、潜质的候选人基本都在名校上学而已吧。

今后大多企业会尝试采取公平、公正的招聘方式，以一视同仁的眼光评价每位求职人员。

相反地，我们在求职的时候，也不该以品牌和名气为标准来评判一个企业。要清楚地认识到，自己既是被企业选择的一方，也是选择企业的一方，这就是我的成功秘诀。

接下来送给大家一句话：

"你在窥视深渊的同时，深渊也在窥视着你。"（尼采）

呵……乍一看，写得还挺有模有样的呢。话说，健健同学居然搬运尼采的名言送给我们啊。还不如直接说是尼采送的。

雪之下也点点头，继续读起接下来的内容。而由比滨与一色则露出满脸惊讶的表情，似乎很意外的样子。

"字真多啊……"由比滨小声嘀咕道。

我说你啊，只是这点长度就受不了的话，肯定没办法看柯南哟。就算字多，有趣的东西就是有趣！

正当我这么想着，肩膀突然被人用力地拍了一下。

"这个看着让人感觉很不爽呢……"

一色不满地说完，接着用指尖敲打着我的肩膀。喂，能不能别再碰我了？

不过，我能理解一色的心情。这篇文章整体给人一种非常高傲的感觉。

不知道这位作者哪来的自信，难道意识较高的大学生都喜欢用这种口气，想到今后可能要跟这种人共处，顿时有点不想上大学了呢……

而且这位健健同学从开始就气势高涨，如果后续的日记也这么干劲十足的话，小心大家都不愿意读了。不是只有近畿小子跟吉田照美才这么有干劲吗？

（注：近畿小子是日本的一个男性偶像团，发行过一首名为《近畿小子干劲满满之歌》的歌曲。而吉田照美是日本的一位播音员，曾经负责一档名为《吉田照美干劲满满》的无线电节目。）

"呼唔，原来如此……大致了解了。八幡，接着看吧。"

虽然很怀疑材木座是否真的懂了，我还是点了点头，将页面转换到下一页。

2.笔试

大部分的出版社都是出一些常识性的题目，也有少数公司会布置SPI。两种都有真题集可以买，考前尽可能地做好准备吧！SPI在一般企业中是必不可少的。另外，听说转职组也要接受SPI测试。总之做足准备不会有坏处。关于笔试内容，个人感觉S社和K社的题目大都比较平常。K书店的试题相对比较习钻另类。接受 k 书店考试的同学要小心了！

　　表面装作很平静的样子，其实内心充满了对 k 书店的怨恨……这位健健同学看来是没有通过 k 书店的笔试了。

　　"八幡，SPI 是什么？间谍吗？"

　　材木座的声音从上方传来，由比滨立刻做出回应。

　　"不是一本杂志吗？去出版社求职还必须要看这种东西吗？"

　　"你说的是《SPA!》吧……"

　　《SPA!》的考试是什么啊？难道要考"请回答出真正好吃的饺子店 top30@ 新桥"吗？不过听说出版社的笔试会出一些类似猜谜王的问题。不可否认，这种真的很恐怖。

　　不过，我对 SPI 测试也不是很懂，无法做出回答。这时，雪之下默不作声地朝电脑伸出手，再次点开别的标签，开始查阅起关于 SPI 的信息。很快便找到目标页面，雪之下以手扶着下巴，不住地点着头。

　　"所谓 SPI，简单来说就是类似适应性测试的东西。通过理论方面的思考能力、计算能力和语言能力的测试以及性格诊断，来判断出求职者的人物形象，大概是这样的。"

　　以中指扶了扶眼镜，雪之下整理出其中的要点。由比滨却依旧一副无法理解的样子，惊讶地张大嘴巴。

　　"欸……啊，像是心理测试的东西吗？这个我也懂啊！"

　　由比滨以轻快的语气说道，接着扭头看向雪之下。雪之下则无奈地叹了口气，将头转向其他方向。

　　"……好吧，你暂且这样理解好了。"

　　"这……根本不是一回事吧。"

　　"雪之下学姐，请不要放弃解释……"

经一色这么一说，雪之下决定重新思索起解释的方式，开始闭目沉思。

"也……也是啊。好好注意措辞的话，由比滨应该也能听懂的。为了能让由比滨听懂……为了能让由比滨听懂……"

雪之下一面小声嘀咕，一面陷入苦苦思索，由比滨则失落地耷拉着肩膀。

"小……小雪的好意让我有点伤心……"

毕竟是自己没有经历过的考试，想要简单易懂地说明或者完好地理解都非常难吧。除非亲身去经历，否则怎么说都无法理解。反正到了毕业求职的时候，就算不想也要被迫去尝试。哈……真不想找工作啊……

不过，笔试好歹还能做试前准备。

求职的真正难关其实在于面试！

那么，健健同学是怎样跨越这道难关的呢？让我们继续拜读接下来的经验之谈吧。

3.第一次面试

有时候还要接受集体面试。

K大的家伙没完没了地问个不停，超烦人的。就因为那个家伙我没有入围，我会记恨他一辈子。

第三条就写了这么点，连说明都直接草草略过啊，健健。不过，内心的怨恨倒是描写得很清楚嘛，健健。

内容实在简单浅显，连材木座都难以置信地来回看了数遍。

"哦？八幡，就写了这么点吗？"

"好像是呢，看下一条吧。"

毕竟给出的信息太过简短，无法产生什么感想。

征求过雪之下等人的意见后，我移动鼠标，点开了翻页按钮。

4.第二次面试

回答求职动机的时候，F社的家伙居然嘲讽我说"嗯，还真敢说呢"。虽然这家伙貌似是总编，不过我绝对不会原谅他的。

不见任何说明的字眼，全是发泄满腔怨恨呢。

读着走向逐渐变得怪异的健健的求职体验谈，我突然有种想发出干笑的冲动。

身旁传来雪之下的叹息声。

"详细情报越来越少了呢。"

"应该说，多余的部分倒变得具体了……"

一色也无奈地露出苦笑。

正如两人所言，内容越来越苍白。那位健健同学可能在这个时期碰巧受了点挫折，读完以上内容的我，心中也升起一股受挫感。看来找工作真的很辛苦啊……

不过，这只是第二次面试，体验谈似乎还有后续。

我大大地伸了个懒腰，调整好心态后，继续看向下一条。

5.第三次面试

压力面试。K社的员工大叔们十几个人站成一排，真是受不了，说不定有二十来个，糟糕透了。

这一条连抱怨都说不上了，最初的气势早就不见踪影，健健同学已经奄奄一息。不过，无论结果好坏，坚持更新完博客内容的精神十分值得褒奖。

还刻意强调了压力面试，想必承受了非常大的压力吧。尽管只有短短的几个字，我却感到了深深的恐怖感和绝望感。

虽然现在的我们只能凭空想象，不过接受公司员工的面试绝对很可怕。个个带着董事长、理事、专务、常务之类的高级头衔，穿着与他们的大叔年龄相符的黑色正装整齐坐成一排，这不就是SEELE了吗？这何止是冲击，简直就是第三次冲击。

（注：SEELE是《新世纪福音战士》中的一个虚构组织。）

"好像很辛苦呢……"

小声嘀咕着的由比滨语气中充满悲哀与同情，连我也莫名地产生一股悲伤的情绪。

"好像还有后续呢……"

雪之下的声音略显悲怆，似乎在催促我们不要再往下看了。

不过，既然都看到这里了，哪有不看完的道理？是的，要目送到最后。我以颤抖的手操作鼠标，点开了最后一页。

6.最终面试

媒体研那些混蛋，骗我说最终面试不过是确认意向，不会再刷人了，开什么国际玩笑，结果我还不是被刷了。

体验谈就此结束。

健健同学最后到底怎么样了呢？想到他的未来，我就不由得心头一紧。

不只是我，大家都在沉重地叹着气。也许是出于窥探到他人一生缩影的内疚，以及亲眼目睹求职战线的残酷而产生的畏惧。

不过，最重要的是我更加坚定了"绝对不想跟写这种体验谈的家伙共事"的想法。明明开头部分那么气势汹汹，到后半部分就只剩下满腹的怨恨和牢骚了……

"那个……话说回来，这人不是没被录取吗？"

听完一色非常谨慎的发言，由比滨也注意到了，她再次看向显示屏。

"……还真是！明明标题写的是成功体验谈！"

"啊，这就是那个嘛。不管内容有没有关系，先把成功两个字写上，就是人们常说的吸引法则吧。高意识系的人总喜欢玩这种表象训练。"

"比起表象训练，我觉得更像是一种自我启发……"雪之下一边揉着太阳穴，一边说道。

也对，不过求职活动有时候就像是一种自我启发……就像刚刚在网上看到的，什么自我分析、自我推荐、成长意向等，各种冠冕堂皇的词汇层出不穷。毕竟企业需要的是精力充沛、不屈不挠的有着强大精神力的人才。这么做也无可厚非。不过大家都整齐一致地装出一副性格开朗的样子，真的非常不自然，甚至恐怖。

如此看来，似乎没有适合我就职的公司呢……就在我的劳动意欲即将迅速下跌的时候，正前方的材木座突然小声询问道："八幡，媒体研是什么，类似千叶犬的东西吗？"

（注："媒体研"与"千叶犬"尾音略相似。）

"不是啊。根本没有相似之处好吗？你确定你知道千叶犬是什么吗？"

千叶犬是千叶环境再生基金的吉祥物，是以千叶县的地形为原型，将图案画成犬状的虚拟物品。这么说可能会让人联想到千叶君，不过两者是八竿子打不着的东西。千叶犬的名字里虽然带着犬字，但根本没有半点犬的模样。倒是号称外形酷似犬类的不可思议生物的千叶君要更像犬。千叶的品味到底怎么

回事？这个县实在太摇滚了。

听过我们的对话，雪之下歪起脑袋。

"我猜，可能是大众媒体研究协会的简称吧。"

"研究……好像会做实验之类的很厉害的事情。"

由比滨望着天花板呆呆地嘀咕道，大概对"研究"两个字产生了联想吧。不过，肯定不是由比滨想象的一群人穿着白色工作服，拿着试管烧瓶做实验的机构。

不过，说到研究协会，一般人都不太清楚具体是干什么的，这是事实。若是研究科学技术或者历史之类的，虽然概念模糊，但也能够想象。不过，大众媒体研究这种东西就很难摸清方向了。

"……要不顺便也查一下什么是媒体研？"

材木座像克拉克博士一样用力甩动外套，强烈地表示赞同，我马上向谷歌老师发起讨教。

在任意一所大学的名字后加上空格，输入媒体研几个字。

接着，出现了出现了！高意识系发言的强大阵容。带着正装照片的自我介绍配上座右铭的热情洋溢的自我展示，后面跟着一大波的伙伴们的声援评论。甚至还有印度旅行、富士山登山以及就职活动研讨会合宿的BBQ（烧烤大会）照片，完全不懂他们在研究什么。

内容实在难以直视，我眯着眼睛扫视一圈后，心里有了大致的了解。

简单来说，就是将希望在电视台、报社及出版社就职的家伙们聚到一起，互相交换情报，传授求职必胜法则的社团。

"喂喂，八幡，想进入出版社，就必须加入这个叫媒体研的东西吗？一定要吗？真的吗？"

看到刊登在主页上的气氛欢快的照片，材木座立刻坐立不安起来。

"也不是一定要加入吧，而且，看完主页的内容，我倒认为不要加入更好……"

即便是标榜大众媒体研究会或者广告研究会的社团，里面肯定也有很多必须要完成的事情吧。

可是，只要听到这些高意识系的词语，我的脑海中都会条件反射地闪过海滨综合高中的学生会长玉绳的身影，实在产生不出什么好的印象。

我再次瞟了一眼网页的内容，突然发现了非常在意的字眼。

"……这种地方估计材木座也进不了吧。"

"唔，为啥？"

我指了指展示页面的一角，上面写着"入会考试"几个字。上面说需要进行常识问题的笔试以及部长等数人参与的面试。

"这个媒体研好像还需要笔试和面试。"

我用手指敲了敲页面的角落，身后的一色也探过头，发出毫无兴趣的声音。

"啊，那就没戏了呢。"

"唔唔唔……八幡，我不太擅长面试……"

"我知道。"

这个理由够充分了……我也非常不擅长面试，连十分简单的打工面试我都毫无悬念地失败过。别说是打工，就连面试我都放过别人鸽子。

当我得意地沉浸在自己曾经近乎没救的废柴人生经历时，一色突然伸手摆弄起电脑，同时发出一阵恍然大悟的声音。

"怎么了吗？"我以视线询问，一色则点了点头。

"相反地，结衣学姐就非常容易进入啊。"

"欸，为什么啊？我非常不擅长考试之类的呢……"

被突然叫到名字的由比滨有些惊讶，连忙不知所措地加以解释。她眨巴着眼睛看向一色，一色只是默默地滚动页面。

"啊，不是那个意思啦。看到照片就有这样的感觉，我觉得跟照片上的人比较合拍的、外貌比较可爱的人应该很容易加入，所以才说结衣学姐能进入啊。"

"嗯，这我能够理解。"

不说笔试，只看面试的话，由比滨简直是手到擒来，她向来比较擅长跟那种话痨一样的家伙攀谈。

见我连连点头赞同一色的话，由比滨对突如其来的表扬有些意外，脸颊顿时染上了红晕，她害羞地摸着自己的丸子头，不时地朝这边瞥了几眼。

"是……是吗？"

"是啊，由比滨很适合这种令人看着就火大的场合。"

"原来是这个意思啊，害我白高兴一场……"

由比滨无力地耷拉着肩膀，将头扭向一边。啊，不，我没有说你不可爱……嗯。只是觉得你有能力配合这群干劲十足的大学生……没错。不过，怎么说呢？被这种社团的气氛给吞噬终究是不太好的！

"就是那个。怎么说呢？虽然外表会得到夸奖，但最重要的还是内在……所以说，最好还是不要加入这种以外表和兴致为评判标准的社团吧，可能吧，我也不懂。"

"欸？嗯。你说得也有道理……"

由比滨还是不太能接受，极不情愿地点了点头，重新将头扭向这边。听完我整段发言的一色无语地小声嘀咕："……学长真是超不会哄人呢。"

要你管！要是会哄人，我就不会放弃打工的面试了。

"内在吗……不过，一群价值观相同的人聚集在一起也不是好事吧。在单一封闭的独占状态下不太可能获得成长吧……"

在一旁倾听的雪之下瞥了一眼网页，语气平静地说道。

这时，材木座也拍了下手。

"嗯哼……也就是说，打个比方的话，因为某家超大型出版社一直独占游戏杂志，握有原作版权的其他出版社很难取得杂志宣传版面，游戏公司的制作人就以此为由拒绝游戏化。就在不久前，他们曾经接过另一家出版社的原作游戏化的委托，结果游戏大爆死！是不是类似这种情况？"

"你在说什么啊？我完全没听懂，完全不是一个世界的东西。不过，你似乎是理解了吧。"

实在没弄懂材木座在讲什么，我只好随意地敷衍过去，材木座却信以为真地点点头。

"果然是这样吗？看来网上写的都是真的呢！"

真的假的？网络真的好厉害啊！你是从哪里搜罗到这些信息的啊，这位搜索专家？不过，在今后的时代里，搜索专家说不定会变成不可或缺的存在，真是一项现代化的才能啊。

正当我在某种意义上深感佩服，不知为何，材木座莫名其妙地燃起斗志。

"混蛋！我等之所以无法出道，才能迟迟无法展现，果然也是那邪恶帝国——某家超大型出版社独占市场的缘故吗？"

"才不是。"

好了，你姑且先写着吧，好吗？

×　　　×　　　×

休憩片刻，我们再次聚集在笔记本电脑前。

由于刚才的《绝对 top 内定！健健的出版社求职活动成功体验谈！！》实在没有参考价值，我们试着找了找其他内容相似的网站。

部分求职网站上刊载了在职人士的评论以及企业的招聘概要等，还是非常有参考意义的。

其中，我们发现了一个具有冲击性的数字。

"大型出版社的比率真是吓人啊……几千人申请求职才录用十五个……"

"具体应聘的人数没有完全公布，所以不清楚明确的数字，大概是二十比一到三百比一左右吧。"

听完雪之下大致计算出的数字，由比滨发出了十分感慨的叹息声。

"哈……看来要成为编辑还真的很不容易呢。"

"这只是整体录用人数，将分配部署考虑进去的话，能够当上编辑的人数可能更少。"

雪之下说得非常在理。其中必定有人会被分配到总务或者营业部门之类的，而编辑部也分为很多种。最终有幸进入材木座所希望的轻小说编辑部的也就一两个人。运气不好的情况下，轻小说编辑部可能根本没为新员工预留岗位。

"唔唔……咕咕噜噜……如此说来，当轻小说作家可能更容易点吧……"

"或许吧。"

只从比率来看，在 GAGAGA 文库以轻小说作家的身份出道似乎要简单得多。而且，轻小说作家也没有面试。

正当我伸出手，打算继续查询在 GAGAGA 文库以轻小说作家身份出道的几率，突然有人从后面拽住了我。

"学……学长，稍……稍等一下。"

一色以颤抖的声音阻止了我。

"怎……怎么了?"

听到我的提问,一色颤抖着指尖,情绪激动地指向电脑屏幕画面。

"请看这个! 这个!"

看到什么东西这么激动……我好奇地看向一色指向的位置。上面写着某出版社职员的评论介绍和工作情报。大致罗列出了毕业学校、现在的工作内容、单周的劳动时间标准以及每天的日程安排。我的目光快速扫视着其中的内容,视线突然停留在某一点处。

"二十五岁年收一千万……"

你忽悠人的吧?! 果然大型出版社出手就是阔绰啊……毕业三年就能赚这么多钱吗? 而且之后每年还会涨薪吧? 人生的大赢家啊……

我惊愕得不禁浑身颤抖,这时,背后传来一阵深呼吸的声音。回头一看,一色左手捧着脸颊,嘟着嘴唇露出一副可爱的笑脸。

"人家要跟编辑结婚。"

"不是,等等,你先冷静点,应该是我要跟编辑结婚。"

"该冷静的是你……"

被雪之下无情地吐槽,我终于回过神来。刚刚大脑突然断线了。仔细想想,一千万其实也没什么大不了的嘛。我可是八幡啊,仔细算算,不过是一百二十五个我而已。

(注:"八幡"和"八万"发音相同。)

要是有这么多个我,那肯定早把地球人烦死了。所以,一千万根本没什么了不起的啦! 我这样的有一个就够了,稀少才有价值嘛。

　　我默默向自己解说着这番谜之理论，并且心领神会地点起头来。这时，旁边的由比滨也小声嘀咕道："编辑……是编辑吗……唔……"

　　"不过，有目标不也是好事嘛！直到刚才我还在朝着目标日复一日地努力着呢。"

　　"目标……啊……"

　　听完一色异于平常的发言，我向她投以诧异的视线，打算询问其中的真意。一色将食指抵在下巴上，可爱地歪着头。

　　"当然是工作个几年然后结婚辞职。"

　　"你这哪里需要努力了……"

　　雪之下叹着气回应道。一色不满地撅起嘴。

　　"毕竟人家学习又不是特别好，又没有什么特别想做的事情……"

　　"我懂，因为我也跟你差不多……"

　　由比滨无力地耷拉下肩膀。看到她缩起的背影，"对吧。"一色连忙附和道。接着，像是想起了什么似的，猛地抬头，将视线移到雪之下身上。

　　"啊，不过，雪之下学姐大概会成为职场上的女强人呢。"

　　面对突然抛来的话语，雪之下眨了几下眼睛。

　　"我……"

　　可能没想到话题的矛头会突然转向自己，雪之下顿时语塞起来。嘴巴微微张开，像是要说什么，但很快又紧紧地合拢。

　　雪之下默默地低下头，纤长的睫毛也随之垂下，富有光泽的黑发随着这连串动作轻轻地滑下，细嫩的脖颈隐约可见。不小心看到她白皙的肌肤，我条件反射地屏住了呼吸。

　　坐姿端庄的雪之下摆放在裙子上的手轻轻地动了动，指尖无力地握成拳状。

"怎么说呢？我以前也这么认为。但现在我不是很清楚。"

雪之下抬起头，露出一丝略带羞涩的微笑。

"也对啊，毕竟是以后的事情。"

一色语调轻松地回应完后，没有人再说话。

也许我和由比滨都没有真正地听进去。

因为雪之下的发言稍微令我们有些意外。

绝对没几个高中生能够明确地回答出自己未来的打算。但我们理所当然地认为，雪之下一定早就考虑好了自己想要的未来，或者说，这只是我们擅自强加给她的幻想。即便如此，奇妙的违和感还是在心中挥之不去。

我撑着下巴，用余光瞟向雪之下，注意到视线的雪之下以不可思议的表情，歪着脑袋窥探起我的神情。

我摇头回应她询问的视线，告诉她没什么事。雪之下也轻轻点点头表示了解。

……也对啊，雪之下毕竟只是高中二年级的学生，没有考虑好将来的事也不足为奇啊。或者说，正因为还不确定，所以才不想言明，这么想也还能接受嘛。

想到这里，我努力抛开心头的违和感，将视线挪回前方。

这时，恰好和正前方抱着胳膊念念有词的材木座眼神相撞。

"八幡，你呢？"

"嗯？我吗？"

"问阿企也是白问啦……"

由比滨朝我投来冷冽的眼神，我点头表示回应。

"嗯，也是啊。基本是专业主夫吧。"

"果然是白问……"

"你还是去查查'基本'的意思比较好……"

　　由比滨叹了口气，扫兴地低下头。雪之下则闭着眼睛揉起了太阳穴。这时，一色拍了拍我的肩膀。扭头一看，她正两眼冒光，用手挡住嘴角，似乎打算说什么悄悄话，她将头凑到我耳边。

　　"学长，我推荐你当编辑哟，编辑。"

　　"我不当，我不要工作，也不打算找工作。"

　　为了逃避隐约传入鼻腔的安娜苏的香味和痒痒的气息，我往一旁扭动身子回答道。

　　"再说编辑不是想当就能当上的吧。如果现在开始努力的话倒另当别论。"

　　"唔唔，必须要从现在开始努力很多年吗……那还真是辛苦啊……"

　　材木座抱着自己的头低声呻吟了片刻，很快又猛地睁大双眼，挺直背脊号叫起来。

　　"……果然当轻小说作家最简单了！果然轻小说作家是No.1！来吧，八幡，就这么定了！速速着手撰写新作吧！"

　　话音刚落，材木座转身朝门口走去，到了门口位置突然停下脚步，嗖地转过身。

　　"八——幡——快点快点啊！"

　　材木座蹦跳着朝我不停地招手，这姿势怎么看都像是行踪诡异的可疑人物，然而他那欢欣雀跃的表情，突然让我有点欣慰，真是不可思议。

　　"不如你就跟他一起去吧。"

　　"是呀。"

　　雪之下和由比滨夹杂着苦笑附和道。

　　"……好吧，毕竟是我负责的案件。"

　　刻意说出这番话，让自己彻底死心后，我站起身。

另一方面，此时的伊吕波依旧在电脑前啪嗒啪嗒地查询着什么。

"做免费杂志还是挺简单的嘛！"

我说你，也太无视人家材木座了吧……

×　　　×　　　×

透过窗户仰望的天空澄澈碧朗、万里无云。然而不可思议的是，空气中没有一丝暖意，虽是晴天却给人寒冷刺骨的感觉。或许，这一切都源自图书馆异样的气氛。

放学后的图书馆内，除我们之外没有其他学生。虽然借书柜台后似乎还有几位工作人员，不过丝毫没有要出来走动的意思。

坐在我斜对面的材木座直至方才一直在用他的自动铅笔敲着笔记本，过了不知多久，终于停了下来。

不知是气力用尽还是实在没有灵感，呆愣了片刻的材木座无力地开口说道："呼唔，果然就算当上了轻小说作家也没什么用吗？又没法和声优小姐结婚。"

"我说，如果前提条件是跟声优小姐结婚的话，那大多行业都不用考虑了吧……编辑也是一样的。"

"这样啊。轻小说作家不行，编辑也不行……"

神神叨叨地嘀咕了良久，材木座突然两眼冒光，伴随着怪声从座位上弹起。

"我有灵感了！这么说，时代是监督吗？制作动画！咚甜甜圈，勇敢地上吧！"

（注：出自动画片《白箱》的台词。）

安静的图书馆内回荡着材木座的声音。待回音消失后，我不禁露出了苦笑。

39

"……只要你能幸福就行了。"

听完我的话语，材木座眨了几下眼睛。

"唔，你这好像前男友的台词是怎么回事……喂喂，别这样，我们不……不是那种关系吧……"

"能不能别红着脸扭来扭去，真的太恶心了。受不了你了，笨蛋。好了，赶紧写，现在已经没有回头路了。"

"唔，也是啊……没办法，只能写了吗？"

方才心情大好、扯着嗓子狂吼的激情瞬间消失，材木座彻底消沉下来，他缩起肩膀操纵着自动铅笔在笔记本上写起了什么。哦……看来还是打算写轻小说，真是意外呢！

就连毫无成长迹象的材木座也在一点点改变。退路、近路和远路……走过的各种道路，朝向目标进发。虽然材木座将人生目标定为和声优小姐结婚这点早就无可救药。

即便如此，只要沉下心一字一句、一篇一章地写下去，总有一天会完成一部作品。同样的道理，只要每天付出一点汗水，总有一天会脱胎换骨。

距离高中毕业还有一年。若今后的我能平安无事地升学，并在几年后顺利大学毕业的话，距离步入社会就还有五年。

五年——看似遥遥无期，实则稍纵即逝的一段时间。

随着自身的成长，一年的时间会变得越来越短暂。也许，现在的一年与明年之后的一年不会再是同样的长度。

不仅仅是长度，价值也截然不同。

或许，连像这样无所事事、仅仅只是抬头仰望蓝天的时光，今后也会变得无比奢侈。

所以，现在就暂且让我尽情仰望这片干燥而又美丽的寒空吧。

© ponkan⑧

不久会找到材木座又辉也能够胜任的简单的工作

I wanna be...

第二章
一色伊吕波一定是由砂糖、香料及某种美好的东西组成的

　　电暖器不时发出咔哧咔哧的声响。

　　活动室里配置的电暖器已经有年头了，工作时间长了很容易出现问题，比如扇叶不转、马达出故障或者外壳歪斜……

　　放学时分，太阳徐徐沉入西边，仿佛特意通知解散时间一般，活动室的电暖器发出了轻微的杂音。

　　若是集中精力读书，或者倾听由比滨她们的谈话，或许很难察觉到这微弱的异音。但此刻的活动室异常安静，细微的杂音也变得清晰起来。

　　正在读着文库本的雪之下也停下了翻书的动作，望向窗边的电暖器，看来她也察觉到了。

　　"……今天特别安静呢。"

　　"对吧，可能情绪都不太高吧。"

　　正摆弄着手机的由比滨将手伸向马克杯。我也跟着端起茶杯，将早已失去热气的红茶一饮而尽。

　　我们两人不约而同地发出发出了满足的吐息声，安静的空间里再次传来"咔哧咔哧"的声响，连由比滨也发现了异样，扭头朝电暖器的方向张望。

　　大概是一色最近经常光临侍奉社的缘故，之前迟迟没有注

意到电暖器发出的声音。

我可没说一色很烦、很吵、很恼人、话很多，只是想强调没有她在反倒很容易注意起其他事情。而且，每次一色造访侍奉社，都会带来大大小小的事件，我们自然也会变得忙碌起来。

所以，像这样安静闲暇的时刻真的已经久违了。

喝着温热的红茶，品味着美味的点心，时而聚精会神地读书，时而倾听雪之下与由比滨有一搭没一搭的谈话，时而从一旁掺和两句。

没有来客，也没有工作，有的只是舒适恬淡。这是侍奉社再普通不过的日常，对我们来说，早就司空见惯。不过，时隔多日再次享受起这番寂静，还是别有一番风味。多亏了这片宁静，连电暖器发出的噪音也变得如同夜晚的雨滴声一般，节奏充满了异样风情。

我合上书，倾听着电暖器发出的声音，将视线移向窗外。

正当我呆呆地眺望着窗外的夕阳，雪之下突然开口。

"今天就到这里吧？"

"是啊，看样子不会有人来了。"

由比滨回应完，小声地说了句"剩下的饼干我拿走啦"，接着开始整理起茶具和点心。

我和雪之下也很快就做好回去的准备，确认窗户锁上之后，我将手伸向电暖器的开关。

"辛苦了。"

说完，我关掉了电源，咔哧咔哧的声音也随即停止。寒冷的天还会持续一段时间吧，待会儿向平冢老师报告，申请维修或者检查一下吧。

穿好外套戴上围巾，三人整顿完毕后一起走出了活动室，雪之下最后将活动室的门锁上。

今天的营业时间就此告一段落。

工作结束后只能各自回家了。离开活动室，我们一起走在特别大楼的走廊里，由比滨突然颤抖了一下，将外套的领子向上扯了一把。

"……好冷！走廊好冷！"

空无一人的走廊十分寒冷，冷气毫不留情地从脚底一股脑地涌上来。我也重新理好围巾。

"刚刚活动室里比较暖和，所以才会觉得外面特别冷吧。"

"走廊里可没有暖气。"

雪之下以"你还是忍忍吧"的口气边走边说。由比滨跟在她旁边抚摸着围巾在思考着什么。

"嗯……啊，对了！"

由比滨猛地抱住雪之下的手臂。

"这样就会暖和一点了吧！"

"别……别这样啦，由比滨。"

雪之下扭捏着身子，说话语调也高了一度，视线中充满抗议的意志。但看到由比滨很是享受的样子，她放弃似的叹了口气。

"……哇……真暖和。"

"这样很难走路啊……"

实际温度根本没多大变化吧，不过体感温度应该是大幅度上升了。看着两人亲密无间的样子，连我都暖和起来了呢。

雪之下将钥匙还回教师办公室后，由比滨还是紧紧地黏着她。

两人笨拙地在前面走着，我则跟在她们身后，走到楼梯口附近的时候，碰巧遇到一个眼熟的家伙刚从学生会办公室走出来。

"欸？伊吕波，呀哈啰！"

由比滨右手维持挽着雪之下的姿势，举起左手轻轻地扬了扬，听到声音的一色立即转身啪嗒啪嗒地跑过来。

"啊，下午好，你们还在呢，真是太好了！"

"我们已经准备回去了。"

雪之下仍旧保持着被由比滨缠住的姿势，如此答道。普通的人见到这阵势，肯定会觉得这两个家伙有病吧……说不定还会被她们吓跑，但一色倒是很淡定。可能是早已习惯了，她没有任何异样的感觉，以十分平常的表情回答道："我也刚好忙完各种杂事，正打算去你们那一趟呢。"

"有什么事吗？"

"嗯，稍微有点事。"

一色点了点头，朝雪之下她们瞟了一眼，接着向我招了招手，小声问道："学长，你现在有空吗？"

"啊？嗯……那……"

我以眼神示意由比滨和雪之下先回去，两人都点头回应。接着，我被一色扯着袖子拉到走廊靠窗的一头。

天空已经被染上晚霞的颜色，呼呼地敲打着玻璃的风看似十分刺骨。一色背靠着玻璃，小心翼翼地说起。

"那个，学长，之前拜托你的工作怎么样了？那个差不多要定下来了。"

"嗯，啊，我正在做，一定会完成的。"

听到"工作"这个词，我就条件反射地给出社畜特有的充满干劲的回答。回家的时候还要被人问及工作的事，真的好烦啊！侍奉社的营业时间已经结束，能不能改日再议啊？这里又很冷，好想早点回去啊！

含糊地敷衍过后，我转身准备离开。背后再次传来一色的声音。

"这样啊，那明天早上 10 点在千叶站见面没问题吧?"

"欸，明天?"

明天是休息日啊。比企谷家向来遵循绝对双休制度，所以啊，休息日就得好好休息。但问题是侍奉社采用做五休二制度。绝对双休制度和做五休二制度概念完全不同啦，这是常识哟。也就是说，对于侍奉社来说，即便是周末也照样要干活。仔细想想，根本就没有做五休二啊，这是什么社团活动嘛!

"那个，明天的话有点……"

总之随便找点借口保住休息日吧。一色则用手指抵着下巴，微微歪着头。

"可是，明天不是很闲吗?"

"就算你这么说，我也不知道该怎么回答啊……"

我有件事一直想不明白:为什么一色总是以我什么都知道为前提展开谈话? 谁知道你有什么安排，我什么都不知道，我只知道自己不闲。

我刚说完，一色不满地鼓起脸颊。

"我是说学长你啦。"

"啊? 说我……怎么突然说起我来了? 不过，我明天的确有空。"

"对吧，那明天就拜托了哟，非常期待学长认真工作的样子呢! 就这样了。"

"哦，哦……"

一色露出欣喜的笑容，结束了对话，挥着手我说了句拜拜。糟糕，伊吕波的笑容真的好有压迫感，别说拒绝了，连提问或确认都不允许啊!

话说，我答应她什么了……既然是工作，就说明一色拜托

过我什么事情吧……糟糕，完全想不起来啊……

受到一色笑容的胁迫，我无力地朝楼梯口走去。

走出一段距离的一色还不忘朝身后回望，不过，她依旧只是对我挥了挥手。

不过，谁让我就是这样的呢？到时候也像刚刚那样适当地敷衍一下吧……应该说只能这么做了，但问题是帮忙的内容……

完全想不起来啊，我用围巾遮住脸颊，一面嘀咕，一面拼命地思考，但还是没有任何头绪。

我摇晃着脑袋来到楼梯口，却看见由比滨和雪之下正站在那里说话，看来是在等我。

"啊，真是抱歉，其实你们可以先回去的……"

我刚说完，由比滨唰地转过身，被她紧紧缠住的雪之下也被拉了过来。总感觉有点那个啊，很像陪着主人一起散步的小狗啊。

"也没有在等你，只是在跟小雪说话，不知不觉就这个点了……对吧？"

"是啊……"

被由比滨这么一问，雪之下将头转向一边，像极了不情愿被抱住的猫咪。

"这样啊，不过，怎么说呢……还是谢谢了。"

我道了声谢，两人也轻轻摇了摇头。明明她们的动作平常得不能再平常，我却不由自主地有些害羞。弯腰换好鞋子，径直走出了特别大楼。

来到外面，四周已经非常昏暗。虽然距离立春已经不远，但要等待白天时间变长恐怕还需要一段时间吧。

从楼梯口走向大门的期间，由比滨一直与我保持并排的姿势。

"伊吕波有什么事吗？"

"嗯，我也不是很清楚……说是有什么工作，不过我还没弄明白……"

"居然什么说明都没有呢……"

紧跟在身后的雪之下以略带无语的口气说道。

不过，说是委托给我的工作，根本连像样的说明都没有。不过侍奉社至今为止的活动也基本没有说明……明明有很多事情只要事先说清楚就可以省很多事，这种情况我们已经遇到过很多次了。果然报告联络和商量都非常重要呢。

反过来说，只要把报告联络商量事项处理好，工作本身都可以完全无视。如果被上级责怪批评的话，完全可以以"我明明有报告、联络、商量过了啊"为理由，完美地逃避责任。

明天的工作也以这种方式尽可能地回避吧！

×　　　×　　　×

一片晴朗的冬季周末，千叶站前人潮拥挤。

虽然比起东京都来说算不上什么，不过对于周末很少外出的我来说，这个地方已经足够混杂。

望着车站前穿梭的人流，我确认了一下时间，已经是十点零五分了。

离约定时间已经过去几分钟，一色还是没有现身。本打算跟她确认一下，却发现根本没有她的联系方式。

既然说在车站前集合，应该是东出口没错。不过，说不定她指的是西出口呢……不，甚至有可能是京成千叶站？毕竟京成千叶站的旧名是"国铁千叶车站前站"，不熟悉的人会有点摸不着头脑……就算不是那里，除了正宗的千叶站以外，还有

西千叶、东千叶、本千叶、新千叶、千叶港、千叶公园、千叶中央以及千叶新城什么的，名字里带千叶的车站实在是太多了，路线也各不相同，对于千叶新人来说，要弄清楚绝对不是容易的事。

但对于千叶市民来说，"去千叶"毫无疑问指的就是去千叶车站周边，不过这种说法对于其他地区的人来说想必有点难以理解吧。如果北海道市民说句"我去趟北海道"，肯定也有人会莫名其妙。但如果东京市民说句"我去趟东京"，倒有种类似追梦般的 BIG 感了。

所以，在千叶说车站前集合的话，绝对是这里没错。一边想着，我的脚也在不停地跺着地面以驱散寒冷。等了没多久，我终于在人群中发现了一色的身影。

她身上裹着一件浅驼色外套，戴着一条毛茸茸的围巾。百褶裙的裙摆有些短，不过腿上套了一双长靴，应该不会太冷。略高的鞋跟不时发出"咯噔咯噔"的声响。

一色也发现了我，连忙迈着小步子蹭蹭地跑到我的面前。她重新系好围巾，理理刘海，长呼一口气后，抬头看向我。

"真是抱歉，让你久等了，准备的时候多花了点时间……"

"嗯，确实等了很久。"

伊吕波，你不是一般地慢。我不满地说道，一色马上嘟起了嘴巴。

"我说，男生这时候不是该回答说我也刚刚才到吗……接下来咱们可是要约会的啊。"

"……约会？"

这词听着真是别扭……是那个吧？为了镇住暴走的精灵，故意让她们坠入爱河，以达到目的的一种仪式吧……

（注：出自动画《约会大作战》。）

不过，最后还是免不了战斗！类似这种。不，战斗大概还不至于，一般来说，约会指的就是男女一起出去游玩吧。

但是，为什么突然变成我要跟一色一起出去玩了？大概我的疑问早已经写在脸上。一色露出无奈的表情，双手叉腰，轻轻地叹了口气。

"你之前不是说要帮我考虑约会路线吗?"

"……啊!"

这么说来，上个月好像是说过这么回事。这家伙居然是来真的啊！不过，那时候我也的确敷衍似一句"我也会帮你想想"，真是太大意了，居然轻易中了她的圈套!

"我说，这种事应该一开始就要讲清楚吧，这样我也好做各方面的准备啊……对吧?"

比如我可以故意插入其他安排拒绝她的委托，或者不答应具体日期，无限期拖延下去，也可以当天突然装肚子痛，借口要多少有多少。不过很可能即便她开始就向我说清楚了情况，结果还是一样。毕竟人家期待了很久，到了当天找借口说不去的话，似乎有些不近人情。

尽管我满口怨言地尝试反抗，但似乎没有什么效果，一色的态度完全没有变化。

"如果我正儿八经地约学长，你肯定不会出来吧。"

"……那倒也是。"

这家伙真有本事，对我的了解程度已经到达足够获取比企谷测试三级的程度了。

不过，被她抓住把柄也是我的失策。即便现在临时找借口，也没办法全身而退吧。都怪我昨天未经思考就答应了她，造成现在这种状况也是活该。事到如今再撒手不管的话有些太不负责任。

既然如此，那就速战速决，趁早回去才是正道。

"那就出发吧。"

"好，走吧。"

一色点点头，总算露出了笑容。

"不过，要去哪里呢?"

话音刚落，一色的笑容立刻变得阴郁起来。她深深地叹了口气，不满地嘟起嘴巴。

"这种事情怎么可以问我呢……还以为学长你都安排好了……"

"我只有单独行动的时候才会干劲满满地制定缜密计划，跟别人一起出去的话，我基本只要负责跟在后面就行了。"

"算了……还是边走边想吧! 再说这里也很冷。"

一色放弃似的耸了耸肩膀，不过，她很快便打起精神，重新理好围巾，快速向前迈起步子。嗯嗯，看来伊吕波早就习惯我的节奏了呢。

话说回来，到底是哪个家伙害我在寒风里傻傻等了那么久啊……

　　　　×　　　×　　　×

我们走在车站前通往中央欢乐街的漫长通道上。

附近摆满了各种饮食店、娱乐设施以及商业设施，该地是千叶的主要商业地段，只要到了节假日，这里便人满为患。即便平日，到了傍晚放学后的时段，学生们也经常光顾此地，对我来说再熟悉不过了。

继续往下走的话，可以见到电影院、书店、游戏中心之类的娱乐设施，是我往日常去的场所。

再往左走一段距离，就是PARCO之类的商店，一般想在千叶闲逛的话，这里是必经之路。今天似乎也有很多跟我想法相同的人，整条道路上十分混杂。

虽说对这条道路早已习惯，但跟女孩子一起走还是有点别扭。我们本该保持并排姿势行走，可我总是不自觉地加快脚步，一不留神就把一色甩在了背后。我轻轻吐了口气，让自己保持镇定，以比平时更缓慢的速度，在领先一色半步的前方小心行走。

我们避开擦肩而过的人群，默默地前进着。突然，身后的一色稍微加快脚步，走到与我并排的位置。她微微侧过身，以可爱的眼神看向我。

"学长，你平时都逛哪些地方？"

"家里。"

"重新回答！"

"哦，哦……"

一色的声音比平时更为尖锐，她半耷拉着眼皮轻轻瞪了我一眼。伊吕波，你这样子好可怕啊。被一色的态度所震慑，我咳嗽了一声重新回答道："我一般都去图书馆或者书店，那里可以随便打发时间，而且也挺有趣的。"

"在图书馆约会……"

一色歪着头嘀咕了一会儿，接着将视线移向空中，艰难地思考了半晌后，最终无力地垂下头。

"抱歉，这种知性的约会方式还是比较适合叶山学长，学长你还是往更通俗一点的方向发展吧。"

哼，小姑娘……但从成绩来看，我也属于非常知性的那类哟。不过，我本来就不想跟一色去图书馆，无所谓啦。

我到现在都很紧张，要是跟一色去那种安静的地方，岂不

更坐立不安。就像本想悠闲地享受一番假日时光，却因为种种原因，被迫要陪小孩的父亲一样。不过话说回来，跟叶山一起去图书馆的话，确实能够平静地读书呢！讨厌！连我都想跟叶山去图书馆约会了！哇哇哇！如果被海老名同学知道我有这种想法的话绝对完蛋了！不，我可没有开玩笑。

叶山的事怎样都无所谓，还是将他永久地踢出脑海吧。说到约会游玩，还有其他更普通的消遣方式吗？

"卡拉 OK、飞镖、台球、保龄球、乒乓球之类的如何？击球练习场也不错，不过千叶站附近貌似没有这些……"

刚刚列举的这些有符合你兴趣的吗？我以眼神向一色发问。一色则以认真的表情回道："都不错啦。不过学长跟台球什么的一点都不搭。"

"要你管。"

"啊，不过乒乓球可能很适合你。"

"你还不如不说……"

话说，你这句话里真的没有恶意？乒乓球也很帅气啊！你知道《乒乓》这部作品吗？漫画跟动画简直都帅爆了呀！

聊着聊着，不知不觉来到了五岔路口的交叉点，我们在红绿灯前停下脚步。

从这里往左走的话就是 PARCO 方向，笔直向前则是电影院。右边似乎没什么可逛的，所以，眼下就是二选一了。

"……不如，咱们去看电影吧？可以打发两个小时呢。"

"为什么是以打发时间为前提啊……算了，交给学长你决定吧……"

"那就去看电影。"

尽管有些不满，一色还是点头答应。于是，我们便朝着电影院的方向走去。

毕竟是休息日，电影院也是人满为患。

正当我在一侧确认上映影片和席位状况，一色指向一张好莱坞大片海报，上面写着奥斯卡金像奖提名作之类的醒目标题。

"我想看这个。"

"那我就看那个吧。"

我选择的是一个与奥斯卡金像奖毫不沾边的电影，不过两个影片的时长都差不多，结束时间想必也差不了多少吧。

"那就待会儿见了，在楼下的星巴克会合怎么样？"

对于生来不习惯与别人一起观看电影的我来说，这是理所当然的选择。考虑到对方的感受，我还想好了要比她提前一点出来。但不知为何，伊吕波一副惊呆的表情。

"欸？有什么问题吗？"

我刚问完，一色恍然大悟地点点头。

"原来如此，你来这里之前早就打好算盘了呢。"

虽然不知道你到底明白了什么，不过还是感谢理解。一色颇为无奈地叹了口气，视线从上映预告的电子屏幕上挪开，停在了另一处。

我也跟着扭过头，视线另一头是保龄球场的广告牌，下方还以小字体标注有乒乓球台之类的。

确认完后，一色再次看向我。

"咱们不看电影了，还是去打乒乓吧？"

"也可以啊，不过你穿这样的鞋子打乒乓球会很辛苦吧？"我盯着一色的鞋子如此说道。

一色愣了一会儿，瞟了一眼自己的鞋子，接着又将视线挪回我身上。

她以惊讶中略带困惑的表情，无言地张开嘴，样子倒是很可爱，不由得让我再次意识到一色是比我年幼的女生。

这副不可思议的表情下面到底想表达什么呢？

"怎……怎么了？"

"没什么……只是没想到你居然注意到了……"

"毕竟跟平常的高度不一样啊，不用看也知道吧。"

话刚说完，一色向我面前迈进一步，似乎为了比对身高。我条件反射地往后挪了一步，一色皱着眉头又靠近了一步，仿佛在暗示我不要乱动。我只好尽量将身体往后仰，一色则向上看着我，伴随着柔柔的吐息，粉嫩的双唇组织起话语。

"啊，真的呢，比平时更近了呢。"

由于两张脸之间的距离比平日更近，她洋溢着笑意的嘴角此刻显得尤为艳丽，令我不由得吞了口唾沫。

两人一时间陷入沉默，一色也有些难为情，两颊微红地挪开视线。接着，她小心翼翼地再次看向我，露出一个尴尬的微笑。

"……没事，鞋子去借一双就行了。"我也将视线挪开，敷衍一句之后，转身朝保龄球场的方向走去。

"好的！"一色简短地回应了一声，迈着小步子跟在我身后。

这个学妹也太会耍小聪明了吧……

不过，虽爱耍小聪明，一色却也不失可爱，真是个很可怕的人。

长得是很可爱。平日的行为虽然做作，但也很可爱。至于性格嘛，有时的确比较难对付，但耍着小聪明故作可爱的想法，也算得上可爱吧。

糟糕，这家伙居然这么可爱。学园偶像！就是伊吕波哟！即便这么说也不会有什么不自然吧……不，还是非常不自然。

（注：现实中有个偶像就叫伊吕波，曾经出演过一部学园题材的电影。）

不过，不管是小聪明还是小可爱，都不是为我而准备的。

多亏前面有叶山隼人作为挡箭牌，此刻的我才可以如此镇定。如果我还是那个纯洁无瑕的少年，说不定早就沦陷了呗……

（注：此处八幡使用了关西方言。）

通过使用蹩脚的关西方言，以及重新正视叶山隼人的存在，我再度确认了自己对故乡的热爱以及自身的立足点，终于冷静了下来。好险！如果不是因为太爱千叶，我肯定早就败给伊吕波的小聪明了。谢谢你，千叶！我爱你，千叶！

冷静下来的同时，我也终于想起了今天的目的。策划与叶山约会的行程路线才是我今天的工作。

穿过车站内的通道，在能够看见保龄球场的地方，我扭头向一色确认。

"话说回来，叶山喜欢打乒乓球吗？还是去更时髦的地方会比较好吧？"

"就这样挺好的呀！如果净选一些叶山学长常去的地方，那不就很难跟其他人拉开差距了嘛。"

"原来如此……"

说得在理。对于一色来说，眼下的主要情敌三浦什么的肯定不会约叶山去打乒乓球吧。这么看来倒的确能拉开差距。不过话说回来，对叶山来说，其实根本就没什么差别吧……

算了，就当为了可爱的学妹，这次就好好加油吧。

×   ×   ×

保龄球场距离电影院不远。付过钱后，我们一起走向位于角落的乒乓球台。

我先坐在边上的皮沙发上换鞋。

一色也脱下外套，换下了她的长筒靴。

外套下的粉色针织衫非常修身，恰到好处地勾勒出她的曲线，高腰裙也将腰部线条衬托得近乎完美。她以略危险的姿势将靴子脱下来，即便透过裤袜也能看出她小腿纤长的轮廓。

我的视线不由得被她略显纯真的动作吸引。眼神相撞后，一色微微歪着头，露出满是疑惑的表情。我当然不会承认自己被她充满魅力而又略显幼稚的笨拙动作所吸引，只是摇了摇头将球拍递给了她。

一色点点头，接过球拍，挥舞了两下，走到乒乓球台对面。

"初中之后我就没打过乒乓球了。"

"高二就可以选修这门体育课。"

我和一色分别站在球桌两端，一色将针织衫袖子挽起，用球拍指了指我，接着露出必胜的微笑……只是微笑！

"那么，如果我赢了的话，你就要请我吃午饭，没问题吧？"

"以午饭当赌注吗？好吧，我没意见……"

说完，我把球丢给一色，难得来场比赛，还是下点赌注比较有干劲。一色抓住在球桌上跳跃的乒乓球，握着球拍摆好架势。

"那就这么说定了哟！那我要开始进攻了！嘿！"

伴随着柔弱的喊声，乒乓球也以柔弱的气势朝我飞来。

"好。"

面对笔直飞来的球，我没有特别用力，只是随手打了回去。球轻轻地落在一色面前，弹起刚刚好的高度。一色又发出一声无力的"哈"，将球扣了回来。

比赛以这种不紧不慢的节奏持续了一段时间。

听着乒乓球撞击桌面的声音，不知为何我有种怀念的感觉。一家人去温泉旅行的时候也跟小町一起打过呢。多亏了她，我很擅长这种拉锯战比赛，同时也掌握了悄无声息输球的技巧。毕竟小町输掉的话会很不开心嘛。

我利用与小町打球时掌握的技巧，不停地将球扣回一色方便接到的位置。

"哒。"

"嘿。"

耳边不时传来无力的叫喊声，乒乓球也在我们中间来回跳跃。看来我的一百零八式哥哥技能中的一式，敷衍妹妹技能还没有生锈嘛。

最初有些提心吊胆的一色也慢慢习惯了。这样能不能让她享受乒乓球呢……正当我这么想着的时候，一色的眼眸中突然闪过一道怪异的光芒。

她死死地盯住弹起的乒乓球，向前踏出一步，将球拍挥至后方，使出浑身力气扣回。

"受死吧！"

"喂，不带你这么讲的吧……"

一色扣回的球划出一道长长的抛物线，消失在了远方。但不知为何，伊吕波露出一副"我打得不错吧"的满意表情，全然一副完胜的样子……乒乓球可没有什么逆转全垒打哟。

我捡起乒乓球再次发球，却因为失误再次让球回到一色的手上。

"又换我发球了哟。"

一色让乒乓球在桌上弹了几下，随即摆好发球姿势。突然，她像是想起什么似的，狐疑地朝四周瞟了瞟，接着轻轻伸出手示意我稍等。

"啊，学长，先等等，看招！"

话音未落，一色使出浑身力气将球打出。不过，这种程度的小把戏早被我看穿。我冷静地挪到球前进的轨道上，将球扣

© ponkan⑧

至一色的反方向，成功秒杀！

"……太天真了。"

小时候每次玩乒乓球，父亲都要跟我耍这种小伎俩，为了报复，后来我又对小町使了很多次！千万别小看比企谷家的腹黑遗传基因！年幼的小町被我气得直掉眼泪，不停地在那喊"再也不要跟哥哥玩了"，真的超可爱……

不过，小町那时尚且年幼，哭鼻子也在情理之中。这次换成早已不是孩子的伊吕波会是什么反应呢？我小心翼翼地看向她。发现自己的诡计被识破，一色正不甘地咬着牙齿。

"咕唔唔……"

"既然你都开始使阴招了，我也得拿出点真本事才行。"

说完，我将夹克衫脱在一旁，气势凛然地摆出乒乓选手的架势，一色立马挥拍表示抗议。

"学……学长，你这样一点都不大度！"

"说的是你自己吧……好了，开始了，现在是我发球。"

不同于刚才的放水模式，我站在球桌的一角，铆足全力发出一个快球。一色也不再嘟嘴抱怨，她轻轻叹了口气，鼓起干劲跑向球飞来的方向。

"哎呀！"

然后，球拍彻底扑了个空，由于动作幅度太大，一色的裙摆跟着翻了起来。糟糕，没有注意到这家伙穿的是裙子……还是尽量避免打快球吧……

于是，我决定再次切换回温柔轻打模式。不过刚才那一幕迟迟在脑海里挥之不去。

由于我不停地想着乱七八糟的事情，我的球拍不停挥空，让一色屡次得手。

一色长长地吐了口气，从包里掏出一条毛巾，轻轻地擦拭

脸上的汗水，同时还掰起手指数着什么。

"那个，学长现在是 8 分，我的得分是 1、2、3、4……学长，现在几点了？"

这话听起来怎么那么熟悉？我看了看墙上的钟表，如实地回答道："刚好 11 点。"

"11，这样啊。啊，那我的得分就是 12、13。"

"明明是 6 分好不好？6 分！"

你的"时间推算法"也太离谱了吧，不带这么瞎混的啊。话说你居然连古典落语都懂，还蛮有两下子的嘛，一色。

（注：这里的"时间推算法"同时也是一个古典落语的节目名，落语相当于中国的相声。）

我刚说完，一色气愤地鼓起脸颊。不过，这招没什么用啦。

"好了，继续。"

说完，我再次轻轻地发了个球，虽然速度控制得很缓慢，但路线还是有点难度的。一色慌忙奔向球桌的一角，但乒乓球还是无情地击中桌角，"咚"的一声弹了出去。

见到这一幕，一色朝我递来坏笑。

"啊，你刚才出界了，所以是我得分。"

"出界就不可能会有'咚'的一声啊……"

这孩子怎么可以撒这种低劣的谎呢……

从刚才开始她说话就特别狡猾，不是吗？特别是那个……那个裙子的摆动方式更是狡猾。

后来我尽量扳回了几分，虽然偶尔还是会受裙摆的影响偶尔出现小失误，不过总算是决出了胜负。

光从结果来看，当然是我以绝对优势获胜。

比赛结束，我们俩都瘫坐在角落的沙发上，大概是很久没打乒乓的缘故，我的呼吸也变得有些急促。

另一边，一色大概是因为败北的缘故，正垂头丧气地耷拉着肩膀……不过，现在高兴还太早！

"……是我赢了吧。"

我试探性地确认道，一色极不情愿地点点头。

"没办法……这次就算我输了吧……"

虽然中间用了挺多卑劣的手段，不过认输这方面还是蛮爽快的嘛。不像某个死不服输的家伙，跟那家伙打的话，绝对要拼到她赢才会罢休吧。

虽然我不是很在乎输赢，不过赢了的感觉还挺不错的。我现在想必已经露出了令人讨厌的笑容，但我肯定不会对着沮丧的一色肆意地哈哈大笑。

"那我们去吃午饭吧。"

我故意咳嗽了一声以掩饰自己的笑容，尽量用平常的语调说道。这时，低着头的一色肩膀轻轻地颤抖了一下……欸，欸？难道伊吕波哭了么？欸，欸，怎么办……

正当我不知所措的时候，旁边传来低低的笑声。

"……呼呼呼。"

一色猛地抬头，露出无畏的笑容。

"欸？怎么，怎么了？"

我刚问完，一色一手叉腰，一手指着我，露出胜利的表情。

"我刚刚只说如果我赢了的话，就由学长负责请客，但没说如果学长赢了的话我来请客。"

这家伙在说什么呢……我惊讶地盯着她，仔细回忆了一下比赛前的对话……哎呀？

"……好像是。"

一色的确没说如果我赢了的话要怎么样……这家伙果然阴险，让我涨知识了……下次跟小町打的时候不如也试试这招

吧。好久没让小町讨厌我，想想还蛮激动的呢……不过话说回来，伊吕波这家伙也太没底线了吧。

"算了，反正我一开始就没打算让你请客，无所谓了。不过，你这么做也太狡猾了吧……"

我的语调有些尖锐，不过一色似乎完全没有在意，反倒露出温和的微笑。

她将手放在胸前，身子稍微前倾，小心翼翼地窥视起我的神情，眼眸中带着一丝捉弄的神色。

"狡猾点才更像女孩子嘛。"

"啊，是吗……"

尽管我已经满脸黑线，不过一色的话不可思议地很在理。的确，好像鹅妈妈童谣里有这么一句歌词：女孩子就是用砂糖、香料以及某种美好的东西做成的。

表达得很形象呀！不过，一色的香料放得多了点吧。

"……随便你怎么讲，反正这种理论不是对每个男生都适用的，特别像今天这种情况。"

没错，这世上总有人特别较真，玩大贫民输了还生气，大伙也只能笑着说他性格很有趣。

不过，若换成叶山和户部那群人，遇到这种状况大多会一笑而过吧。而且一色只要利用她的可爱外表以及圆滑的沟通能力，要想获得他们的原谅简直轻而易举，你看连我这种人都已经在心里原谅她了。

正当我想着这些的时候，一色大概猜出了我内心的想法，露出了微妙的表情，接着连忙朝我摆摆手。

"不不不，人家当然不会在叶山学长面前这么做啦，要是被讨厌了不就糟糕了嘛。"

"好吧……不过我觉得这样叶山反倒会很开心。"

"真的吗？你从哪儿听来的?"

"也没有特别听谁说过。"

一色突然凑上前，我连忙条件反射地往旁边挪动。不过，她没有继续靠近，只是抱着手臂开始思考起什么。

"既然没谁说过，那根本毫无根据呀……看来还不能使这招。"

"你也不用这么心急，反正那家伙暂时……"

一色突然蹭到我身旁，打断了我的话语。

"所以说，目前呢……"一色顿了一下，接着神秘兮兮地靠到我耳边，补充完了剩下的话语，"这种事情只会对学长你做啦。"

呵呵，又又加了一把满是砂糖的香料。

"你的意思是即使被我讨厌也无所谓吗……"

我维持上半身后仰的姿势如此回应，一色则轻轻地笑了笑。

不管加多少砂糖，朝天椒还是朝天椒。即便加上糖浆，辣椒粉也还是辣椒粉。若缺少某种美好的东西，一切都将不成立。

　　　　×　　　　×　　　　×

适度运动了一会儿之后，饥饿感猛烈地袭来。

走出保龄球场的时候，一色拍了拍我的肩膀。

"你肚子饿了没有?"

"嗯，有点，要不去吃点什么?"

"好啊!"

我扭头回应完，一色立马露出灿烂的笑容，不过，除此之外没有任何言语。

莫非就是那个? 这种问题必须由我主动提出……

我下定决心，小心翼翼开口询问："……你想吃什么？"

"随便什么都行哟。"

又……又来了！问想吃什么的时候经常用"随便"开敷衍的家伙！

听说世间的女生都会以这时候男生提出的建议来评定对方的等级。惨遭测试的男生……但我还是想说，男生在接受女生测试的同时，要意识到，自己也站在测试女生的立场上，这就是成功的秘诀。

我送给大家一句话：

窥视深渊者，必为深渊所窥视。（尼采）

不好，受到之前看到的《绝对 top 内定！健健的出版社求职活动成功体验谈!!》的影响，意识不小心提高了许多……还是赶紧面对现实吧。

面对一色的答案，若是前不久的我，大概早已愤怒地变身为超级赛亚人吧，不过最近的经历使我成熟不少。

"那去吃意大利面？通心粉还是 Tagliata？

"为什么推荐的全都是面啊……"

"Tagliata 不是面哟。"

那是一种薄切牛肉搭配沙拉的料理。

大概是对我的提议极度不满，一色的眉毛颤抖了一下，但脸上依旧极力保持笑容，不愧是伊吕波。

虽然表面挂满笑容，内心想必非常恼火吧。一色小声地嘀咕了一句："……虽然早就有所了解，不过学长的性格还真够恶劣啊。"

"你也差不了多少吧。"

我刚说完，一色便以食指抵住下颚，可爱地歪着头，以"你在说什么呢"的眼神看向我。

"经常有人夸我性格很好呢。"

亏你还能若无其事地说出这种话来，内心真是够强大的，从这方面来看性格确实不错。这孩子，精神上肯定早就超越日本代表选手了吧。

我边走边苦苦思考可以解决午餐的地方。

"既然什么都行，那就萨利亚如何？"

一色剧烈地摇着头。你不是说随便吗……难道还得逼我揣测出一色的想法然后再给出答案？

于是，"QUIZ！伊吕波的午饭！"节目开始了。看来接下来必须要列举几家有可能让伊吕波满意的餐厅才行。

"那去 Jolly Pasta 如何？"

一色不满地扭过头。这个也不对吗……

"呃，好吧，那我再让步一下，去壁之穴吧。"

一色轻轻歪着头，露出不解的表情。唔噜噜，还有其他能吃到意大利面的店吗……

"卡……卡布里乔莎如何？"

终于，一色叹了口气。看起来时间到了呢。"QUIZ！伊吕波的午饭！"的正确答案数为零，没有得分。

"亏你能找出这么多吃意大利面的店呢……去学长真正想去的店就可以了。"

"真的假的？没有意大利面或者牛油果之类的也可以吗？"

"说真的，你到底把我当什么了……"

一色略微生气地瞪了我一眼。

不是女孩子都喜欢吃意大利面和牛油果之类的东西吗……还有虾！没错，虾！这家伙应该会非常喜欢吃虾。那就选那个吧，比如考伯沙拉之类的，牛油果跟意大利面搭配简直是完美啊！

虽然她嘴上说去我想去的店就行，可刚刚明明就拒绝了萨利亚。以防万一，还是再确认一次吧。

"真的可以吗？你没有在故意试探我吧？"

我刚问完，一色若有所思地将视线挪向空中。

"搁平时的话，我可能会这么做……"

搁平时的话会这么做……伊吕波果然好可怕！

"不过，今天就吃学长常吃的料理就行了。"

太好了，不过我知道的其他意大利面店也只有tapas & tapas，而且千叶站附近没有他家的分店。

如此一来，真的要带她去我经常光临的店吗？

不过我仅仅是一介高中生，经常去的店也没几家，要想好几个候补选项。家庭餐厅或者咖啡店之类的地方在休息日肯定都已经爆满。可高级餐厅这种地方我又不是非常熟悉。

借用今天一色的话来说就是，我中意的地方全是品味低劣的餐厅。

这么说来，答案就只有一个了。

"好，那就去那里吧。"

说完，我率先迈开步子，带着一色朝千叶的中心地段走去。

千叶聚集了众多像SOGO、PRACO、C-One之类的大型商业设施，正对面的街道上刚好有各种饮食店。此外，被称作"搭讪街"的后巷以及与其平行的细长小巷里也开着多家餐馆。

其实，像我这种等级的千叶人，反倒更乐意拐进昏暗的小巷，专门寻找那些位置偏僻的小店。

若在平时，我肯定毫不犹豫地选择开发新店，但今天有人同行，不太适合。这时还是应该选那种比较大众化的餐厅吧。

刚拐入目标街道，便能瞧见我想去的那家店的橘色招牌，下方则是一条通往地下的楼梯。

隐藏于地下的神秘氛围使一色双眼冒光。

"如果你熟悉千叶有哪些好吃的餐厅，得分可是会很高哟!"

她扯了扯我的衣袖，很是期待的样子。

我们抵达的位置是在千叶也非常有名的拉面店——成竹。听说现在除了东京，连名古屋也有它的招牌。顺便说下，甚至连法国巴黎也有它的分店了，所以也会被称作巴黎竹（只有我这么叫）。

"哈，拉面啊?"

一色透过玻璃眺望店内，情绪明显地低落下来，扯着我袖子的手也无力地松开，沮丧地呆站在原地。

"不是你说要去我平时常去的地方嘛……"

"哈，算了，毕竟学长你一向如此呢。"

一色放弃似的说完，长长地叹了口气。

嗯，嗯……虽然这家店看起来没有那么高雅，但也不至于这么失望吧……

根据我的经验，女孩子也有很多人喜欢拉面啊，虽然我只知道平冢老师一个。糟糕，情报源的可信度也太低了。最大的问题就在于平冢老师的年龄已经不属于少女范畴了，真是糟糕透了。

这种时候，平冢老师肯定会非常开心地进去吃拉面吧。不过话说回来，我认识的人当中也只有平冢老师会这么干。

但是，换个角度来看，这恰巧是向一色宣传成竹的好机会啊。古人云"危机虽危险但还是有机会"。废话，危机当然是危机了！但自以为是的机遇很容易让人失足，谨慎起见，还是早些放弃吧！

"总之，品尝完再做判断如何……"

　　出于心虚不小心对一色用起了敬语，她只是一动不动地凝视了我一会儿，接着无奈地点点头。

　　"毕竟是我自己说交给你选择，那就这样吧……"

　　是吗？你如果能这么想那我真是感激不尽……

　　虽说有点勉强，一色还是点头同意下来，我们一起走进店内，随即传来"你好，欢迎光临"的声音。

　　毕竟是午饭时间，柜台位置基本坐满了人，不过幸运的是，刚好还空着两个位置。还是抓紧时间去售票机那里买餐券吧。一色盯着罗列在按钮上的文字，视线飘忽不定的样子，看来还在纠结。

　　"我推荐酱油拉面哟，虽然味增拉面也不错，但还是从基本的尝起比较好。"

　　"那我就选这个吧。"

　　连同一色的一起点好后，我们走向了柜台位置。坐上席位后，服务生走上前来礼貌地询问。

　　"需要很油吗？"

　　"啥？他说的啥？"

　　坐在边上的一色用怪异的目光看向我。

　　"是指背脂的量啦。啊，我们要清淡一些就行了。"

　　虽然成竹最大的特色就在于背脂及味道的浓郁，不过即便要求普通的量，与其他拉面店相比也还是会显得更浓一些。对于初尝者来说，我还是建议选清淡点哟。

　　"……学长，你很习惯呢。"

　　"还好吧。"

　　还以为她接下来要对我轻车熟路的样子加以评价，所以颇为自满地回应了她，结果并没有等到任何下文。

　　我朝她瞥了一眼，一色将身子微微侧向与我相反的反向，以略带怪异的眼神看着我。

嗯，看来伊吕波并不是非常赞同我刚刚说的话……明明就坐在隔壁位置，我怎么感觉中间隔了千山万水呢……

喂！男生们！听好了！虽然男生之间常常会炫耀自己对拉面、咖喱、B级美食之类的了解程度，但女生貌似不太能接受这种话题！以为这样会更受欢迎的男生千万要小心了！

在等待上菜的时间里，我们没有怎么交谈，只是呆呆地望着操作间的方向。突然，我发现了。

"……今天那个负责迎宾的人在呢，你运气不错啊。"

"啊？你在说什么啊？"

"没什么，虽然成竹的味道无论何时都非常不错，但是根据厨师排班的不同，味道上也会根据不同人的个性出现微妙的差异。而我最喜欢客人进来的时候，有服务生负责说'你好，欢迎光临'的那天。"

"总觉得你所追求的美味跟我之前说的完全不同。"

一色刚无精打采地说完，拉面便被呈了上来。油腻的背脂如同富士山峰一般高高堆起，散发出耀眼的光芒，冒出的热气也温暖了看者的心。

"欸？怎么这么多背脂啊，真的假的？"

一色看着满满的拉面，发出惊愕的声音。不过，我现在没空搭理她。

"我要开动了。"

以严肃的口吻说完，我拿起筷子和汤勺吃了起来，轻轻吸一口汤，细细品尝，然后再将其吞入，这味道简直让人欲罢不能。

而另一边，坐在隔壁位置的一色则以略微可怕的表情怔怔地盯着陶醉于拉面中的我，接着下定决心般轻轻吞了口气，小

心翼翼地动起了筷子。她将汤勺缓缓送到嘴边，稍微抬起下巴半信半疑地品尝起来。

下一刻，她不由自主地愣住了，浑身僵硬数秒后，像是想起什么似的再次动起筷子，她撅起富有光泽的双唇吹了口气，吃了起来。

看样子拉面应该很对她的口味，我也终于安下心来，继续品尝起我的美味拉面。

期间我们没有任何交谈，只是专心地埋头吃面，等回过神来，拉面已经被我们消灭。

"虽然不怎么甘心……"耳边突然传来低低的说话声，我条件反射地扭过头，一色也刚好抬头看向我这边，带着极为不甘的表情，嘟着嘴巴继续说道，"不过真的很好吃……"

说完，她"哼"地将头别向一边。看到她的反应，我不自觉地露出了笑容。

"……那就太好了。"

"不过，你居然敢带我到女孩子平日不太光顾的拉面店，这点或许得分也很高哟。"

她心领神会地点点头，自顾自地说着莫名其妙的话语。难得您能满意，我真是受宠若惊。

不过，仔细想想，拉面跟意大利面都差不多呀，牛油果跟背脂的油腻程度也没有太大差异。

看来碳水化合物和油脂是男女通杀的最强食物啊。

果然成竹就是神一样的存在。

　　　×　　　　×　　　　×

好了，饭也吃完了，我们回去吧。

刚想这么说，我又被一色拉着在千叶街上逛了起来。

"你不想吃点甜点吗?"

一色的这句话虽然听起来像个疑问句，其实完全是命令句，看来接下来得找家咖啡厅之类的店了。

"那边有家感觉还不错的店哟!"

说完，一色朝那边快速走去。那家店离中心街略远，位于一条分布着公园、写字楼以及公寓的更为僻静的道路上。

我们离开了中央车站前的地段，走到这条刚维修过的干净道路上。这附近与喧闹的搭讪街完全不同，建筑物也更为齐整。

出于这个原因，迎面吹来的风也更猛烈了。

虽然今天是大晴天，但刮起的北风还是格外地刺骨。

还好刚刚吃过拉面，现在胃和心都处于暖和的状态。虽说不上度秒如年，但我还是不太喜欢像这样长时间地晃悠。

我以"还需要走很久吗"的眼神看向一色，她露出一个沉稳的笑容，指指前方。

"就是那里了，那家。"

我顺着她示意的方向看去，那里有一家外观时髦的咖啡厅。

外侧挂着一个木制招牌，玻璃窗很大，阳光刚好斜斜地射入，露台上摆着大型绿色遮阳伞，门口放有一块写着菜单的黑板，无不透露出时髦的气息。喂、喂，真的假的? 这里可是千叶啊，开这么时尚的咖啡厅真的没问题吗?

感觉如何? 很不错吧? 咱们赶紧过去吧! 不允许你说不去! 一色以不容置疑的气场扯着我的围巾向前走去。我说，用不着这样带路吧?

"好吧，这里也不错。"

现在外面这么冷，避风才是关键，去哪家都无所谓了。虽

然我一个人绝对不会进这种店，但今天有一色陪同，偶尔光顾这种时髦的空间也不会怎么样吧。

"那赶紧走吧……啊，糟糕!"

说完，一色突然停下了脚步。

"怎么，怎么了?"

她扯了扯我的袖子，停下了脚步。喂，这可不是缰绳啊……接着，她神情紧张地躲在我身后，战战兢兢地将头探出，伸手指向店里。

"你看那边。"

"嗯。"

我随即望了过去，刚好有一对情侣从里面走出来——一个戴着眼镜、外表柔弱、梳着双马尾辫的少女，以及一个随处可见的长相平庸的少年……两人离开咖啡厅后，便朝着与我们相反的方向走去。

呆呆地眺望着两人离去的身影，我抱起手臂陷入沉思。

这两人好眼熟啊……正当我苦苦地在记忆中搜寻，冷不丁地传来一色的声音。

"是副会长和书记啦。"

……哦哦，对啊，我确实跟他们打过招呼的。

不对，等等，为什么他们会一起从咖啡厅里走出来?

"什么? 那两个人在交往吗?"

我向从我背后现身的一色问道，她也疑惑地歪着头。

"不清楚呢? 应该不是吧? 一起出来玩玩就将其定义为交往也太单纯……"

一色突然停止了话语和动作，猛地转过身对我喊道:"啊! 你什么意思啊，莫非你刚刚想追我吗?! 我们只是一起出来玩而已。男朋友什么的别异想天开了，再怎么说也要多出来

74

约几次会才有可能，对不起！"

她连忙伸手将我推开，以保持互相之间的距离，期间说话都不带喘气。大概是一口气说了太多话的缘故，一色长长地吸了口气。

"啊……嗯，随便你怎么说了。"

我也懒得去问她为何会产生这种奇葩想法，更不想去计算这是第几次被她以这种莫名其妙的方式拒绝了……

"好了，赶紧进去吧，外面太冷了。"

"啊，你等等我啊！"

说完，我二话不说走进店内，一色连忙迈着小步子跟了上来。

不愧是时髦咖啡厅，内部的装饰也十分漂亮。桌子和椅子都非常有特色，每个座位都有不同的特征。墙壁上装饰着可爱的杂物，像这种内部装饰很受女孩子欢迎吧。

我们被带到位于门口右侧的位置，是店内比较常见的沙发座位，刚好与马路正面而对，阳光透过大窗户暖暖地洒进来。

坐在我对面的一色随即打开了菜单。

"哈！糟糕，不知道要点什么好呢？"

虽然是疑问句，但丝毫没有询问我的意思，一色继续浏览起菜单。假装很喜欢吃甜食以强调自己非常有女孩子味，这就是伊吕波的小聪明，不愧是伊吕波。不过，有很多女生是真的喜欢吃甜食。比如我们活动室里就有个不停吃着零食的甜点怪兽……虽然最近也经常吃饼干什么的。

我呆呆地看着犹豫不决的一色，她也察觉到我的视线，把菜单朝我这边转了过来。

哈，果然样品繁多啊！

马卡龙夹心蛋糕、年轮蛋糕、法国白起士蛋糕、焦糖布

丁……还有意大利冰激凌和果汁冰糕。意大利冰激凌跟果汁冰糕有什么区别吗？像笑福亭一门一样，为了搞笑吗？

（注：笑福亭一门是一种落语的派别。）

我比较着文字与图片，脑海中思考起无关紧要的事情。一色突然抬起了头。

"我选好了。"

"哦哦，那就点单吧。"

我们把店员叫了过来，一色指着菜单开始点菜。

"我要阿萨姆红茶和马卡龙。"

"还有混合咖啡和……意大利冰激凌。"

点完单后，我们静静地等候上菜。

低低流淌着的波萨诺瓦式 BGM（Background Music 背景音乐）、室内温暖的空气以及午后的柔和阳光，营造出咖啡厅独有的氛围。其他客人的谈话声听起来也非常模糊，像是来自某个遥远的远方。

如此一来，注意力便不由自主地集中到眼前的人身上。

一色看似早已习惯这种风格的咖啡厅，她非常放松地整个人沉在沙发里，以手肘支撑着脸颊，惬意地看向窗外，嘴里还哼起了轻快的小调，看来很是期待她点的马卡龙。

倾听着一色的歌声，我也看向外面的风景。虽然那一带是早已熟悉的千叶街道，但在这种时髦的店内隔着窗户望去，似乎比平日更增添了几分美感。或许所谓的咖啡厅，正是有着这种魔力的空间吧。

想必一色也是看中了这点所以才选了这家店吧，而且光顾这里的客人还挺多。

"学生也经常光顾这家店吗？"

想起刚才看见的那两个人，我随兴问道，一色扭头看向我，轻轻摇了摇头。

突然，她激动地拍了下手，撑着下巴思考片刻。

"啊！你是指副会长和书记的事吗？可能是因为上个礼拜我刚好提起过这家店吧。"

"哦。"

这么说来，这次也只是巧遇啦。

不，说不定是副会长以此为借口故意请书记出来约会的呢？比如"咱们要不要一起去看看一色会长介绍的那家店？"之类的。啧，真是无聊至极，你们都在学生会办公室干什么啊，有没有好好工作啊！

……不对，等一下，也不一定是副会长提出的请求，说不定是那个外表看似柔弱的书记鼓起勇气主动邀约的。真是这样的话，我还蛮想为她打气呢！不过副会长就算了，我可没那个劲儿！那个副会长在我心里跟户部属于同一种类型，都是一色伊吕波被害者协会的成员。

正当我想着这些的时候，加害者伊吕波继续诉说她的话语："怎么说呢？我先前问过副会长休息日要去哪里玩，也是为了今天做打算，为了今天！"

一色刻意强调最后的部分，以可爱的眼神望向我。重要的事都要说两遍吗？这孩子……不过，这种露骨的行为在八幡看来得分并不高。

"虽然非常感谢你的好意，不过在想好这种后路之前，能不能麻烦你做一卜最基本的准备呢……"

比如先确认一下我的想法，向我说清楚这次出来游玩的目的之类的，有很多其他的事情可以做的啊……

不过，一色并不打算倾听我的抱怨，非常明显地将视线别向一边，嘀咕了片刻后，故意改变话题。

"可是，我也没想到会差点碰上嘛……"

说到这里，她将视线转回前方，笔直地看向我。接着，她微微笑了笑，将手挡在嘴边，害怕周围人听到似的，神秘兮兮地说道。

"下次还是选个不太容易碰到熟人的地方吧。"

"还有下次啊……"

一色的话让我很意外，想到还有可怕的下次，我的声音就不由得干涸起来。听完我的回应，一色不满地瞪了我一眼。

"怎么？你还不情愿啊？"

"哪里，也不是不情愿……就是那个，我会调整好时间，尽量满足你的要求。"

"你这回答真是没有半点现实感。"

一色叹了口气，苦笑着看了看我。接着，她激动地"哦"了一声，两眼开始绽放出耀眼的光芒。循着一色的视线望去，只见店员正端着餐具走了过来。

马卡龙和红茶、冰激凌以及咖啡都被放在了做工精致、干净整洁的餐桌上。一色幸福满满地盯着它们，掏出手机开始拍起照来。不知为何，除了她自己的，连我的冰激凌也一起拍进去了。

为什么女孩子都爱拍午饭或者点心的照片呢？这就是传说中的减肥记录吗，还是健身房教练要求拍照上交？

拍照完毕后，一色收起了手机。接下来总算可以吃了吧，我刚打算动手，一色立马阻止了我。

"啊，不好意思，能帮我拍个照吗？"

被点名的店员立马走上前，恭敬地接下一色递给他的手机。这家伙还要拍照啊？要等到什么时候才能吃啊！我要吃冰激凌！正当我准备拿起勺子，一色"啪"地拍了一下我的手。

我猛地抬头，一色正微微从座位上探出身子，向拿着手机的店员摆出可爱的拍照姿势。

"来，学长，你也摆个姿势吧。"

"才不要，你不用把我拍进去，冰激凌都快融化了。"

"没这么快啦，好啦，快点。"

一色连看都没有看我，只是连声催促道。想必她的脸就快要笑僵了吧。一色变得有些焦急，说话语气也比平时更不客气了。

"那个，客人……"

店员带着为难的笑容看向我，视线中充满了困惑，让我很有压力啊。对……对不起，给您的工作添麻烦了……

"学长，快点快点。"

一色不停地催促我。没办法，我只能将盘子挪到一边，将身子向前靠了靠。

"最好能再靠近一点……"

握着手机的店员如此说道，我只好将身子再向前倾一些。无意间闻到一股洗发水的香味，我扭头一看，一色的柔软长发正垂落在我附近，她的脸颊也离我出乎意料地近。我条件反射地打算后退的瞬间，店员发话了。

"啊，很好，就这样，那我拍了哟。"

随即传来几声快门的响声。

"谢谢你!"

一色道完谢，从店员手中接回了手机，我也重新坐回沙发上。连拍个照都这么辛苦……也许拍照的时候会把灵魂勾走这种说法也不是没有道理呢。

我轻轻叹了口气，咖啡杯中的热气也逐渐消失，真想趁它凉透前赶紧喝掉啊。

"……可以吃了吗?"

"啊,可以,请吧。"

一色一边确认着手机中的照片,一边以轻快的口气回应道。希望照片上的我没有脸红啊。为了让自己尽快镇定下来,我连忙吃起了冰激凌。

……果然还是融化了一点呢。

×　　　×　　　×

结账离开咖啡厅后,四周已是一片昏暗。就在我们聊着各种无关紧要的话题,享受着各式甜点的时候,一段漫长的时间已经悄悄流逝。

到了夜晚,风也更大了,寒冷的空气不时从围巾的缝隙间钻进来。

我重新裹好外套的衣领,再次理好围巾,一色终于从店里走了出来。

"抱歉,让你久等了,刚刚不小心忘了要发票了。"

一色尴尬地吐了吐舌头,轻轻敲了下自己的脑袋。话说,你要发票做什么?刚刚我们明明是一起结账的。这么说来,这家伙打乒乓球还有吃拉面的时候都要了发票和收据……她是在收集上诉证据吗?

"那咱们去车站那边吧。"

"好的。"

我点点头,率先迈出了步子。

走向车站的人群与刚从车站中走出的人流相互交错着,整条街道也迎来了喧闹的夜生活。由于是周末,这个时段街道十分嘈杂。

虽然时间还不算太晚，可能是打了乒乓球的缘故，我略微疲惫地打了个哈欠。旁边的一色也像是被传染了似的跟着打起了哈欠。

察觉到我的视线，一色变得有些紧张。为了掩饰尴尬，她故意咳嗽了一声，与我保持半步远的距离。

"不过，今天的约会可以打个 10 分呢。"

她说的打分应该指的是今天约会行程吧。

"我得先问清楚，满分是多少？"

"当然是 100 分啊。"

"为什么这么低？"

我好歹也以自己的方式努力了啊！喂！这也有点太不讲道理了吧！我以不满的视线看向一色，她将戴着手套的双手举了起来。

接着她将双手五指摊开，开始掰着手指数起了什么。

"首先，因为你不是叶山学长，所以扣 10 分。"

"第一点就是一道不可能解开的难题呢。"

这家伙是细竹辉夜姬吗？为什么采用扣分的方式啊？真心想要好好培养别人的话，好歹得用加分方式吧，八幡是这么认为的。麻烦你看看人家的优点啊！

（注：细竹辉夜姬说的是手游《MONSTER》里的角色，原型出自古典小说竹取物语。）

一色丝毫没有意识到我内心的呐喊，若无其事地继续掰手指数数。麻烦你不要再数了，再掰下去我的心都要碎了。

"然后，各种言行举止方面总共扣 40 分。"

"这点还是挺合理的。"

我极为自然地点了点头。才扣 40 分，我也算蛮拼命了。不过比起我的努力，容忍我的一色其实更不容易吧。

81

"你还挺有自知之明的嘛……"

她的叹息声中夹杂着一丝豁达。啊，看来根本就没有容忍我啊……

一色老师的打分还在继续，她突然将整个右手都握成拳状，向我的侧腹袭来。

"被女孩子一叫就跑来了，这点扣50分。"

"是你叫我出来的吧……话说这样不就零分了吗?"

被一色击中的地方其实一点都不痛，但不知为何，胸口却一阵阵刺痛。不经意的瞬间想起了某个人，使我突然变得神经质起来。

我摸了摸侧腹，一色向前迈出一步，举起一根手指，坏笑着挺起胸膛。

"不过，今天玩得还算开心，所以送你10分。"

"……还真是谢谢你的好意。"

所以得分是10分吗? 虽然前面的打分很严格，不过最后还是给了一点好处的嘛。换我来打分的话，估计结果也差不多，所以我也能接受啦。

说着说着，我们已经走到了车站附近。

我直接乘坐总武线就可以到家，一色要乘轻轨回去吧。如此一来，我们就得在车站前分开了。

"学长，你感觉如何呢?"

快要靠近交叉路前的短阶梯的时候，一色小心翼翼地询问道。此时的她低着头，我看不见她的表情。不过，我很快便领会到她话语间的深层含义。

我的感觉和她刚才的评价没有多大差别。

"嗯，我也挺开心的……虽然有些累。"

"有些累这种话也太直接了吧……不过也没关系，毕竟你还是挺用心地在陪我的。"

抬起头的一色脸上挂着灿烂的笑容。见她一如既往的招牌笑脸，我不由得皱起了脸。见我勉强挤出一丝苦笑，一色不满地撅起嘴巴。

"干吗露出一副很是嫌弃的表情啊……"

她鼓着脸颊，用力将头甩向一边，快步走了出去，期间还愤愤地嘀咕着。

"这世上哪有不麻烦的女孩子嘛。"

嗯嗯，这句话我倒十分认同。我轻轻耸了耸肩，略微加快脚步，追了上去。

"……也对，这世上根本就没有不麻烦的人类。"

"哇，学长你真的好麻烦。"

一色扭过头来，脸上的嫌弃绝对是我刚刚无法比拟的。这家伙也太过分了吧。

大概是互相留下了烦人的记忆，我们的步速都有所减慢，不过还是很快来到了车站前的大厅。我们避开从检票口涌出的人流，走到早上碰面的地方的时候，一色停下了脚步，我也跟着站在一旁。

"总之，今天的约会还是很有参考价值的，谢谢你啦！"

意外的是，一色非常坦诚地向我致谢，并且礼貌地鞠了个躬。如此认真且懂礼节的一色真让我有些看呆了。"哦，嗯，我才是。"我只能含糊地加以回应。一色抬起头，表情怪异地噗嗤一笑。

"……学长也要好好参考哟。"

她的眼神很是温柔，但话语间却夹杂着一股毋庸置疑的迫力。

"……啊，嗯，那个，今天真是谢谢你。"

今天确实也学到了很多。不过，一色这种人还是比较少见，今天的经历能不能为今后作参考暂且另当别论。毕竟每个人都是特别的，谁都是独一无二的存在。

"那就学校再见。"

"路上小心。"

道完别后，一色径直走向通往轻轨的扶梯。随着自动扶梯缓缓上移，我们的距离也越来越远。

突然，一色转过身朝我轻轻地挥了挥手。我也扬手表示回应，就这样目送着一色远去。

女孩子就是由砂糖、香料以及某种美好的东西组成的。

一色身上拥有的"某种美好的东西"，即甜腻，又辛辣，而且还带有些酸涩的感觉，是一种不亲自触碰便无法明白的、非常烦人的"美好的东西"。

那种东西一定不仅限于一色，对我而言关系更为密切的她们，想必也有着不一样的"美好"。

然而，这种"美好的东西"的东西到底是什么呢？

我一面目送着一色逐渐远去的身影，一面呆呆地思考着这个问题。

ⓒ ponkan⑧

第三章
绝对不可逾越的截止日期就在眼前

那天的活动室比平日显得更阴冷。

取暖器从前些天起就不时发出异音，报告平冢老师后，她叮嘱我们在维修人员过来检修前尽量不要使用。

虽然我们白天都不在活动室，不影响日常生活，但到了放学后的时段就有些难熬了。毕竟我们的社团活动是在太阳落山、气温骤降的时段进行的。

于是，明明在室内，我们却不得不裹着厚实的围巾。要说活动室内还有什么能够用来取暖，估计也只剩下热水壶了。

不过，热水壶可不是用来御寒的，今天它也一如既往地为冲泡红茶而辛勤地工作着。在极其轻微的加热效果下，室内温度多少提升了那么一点点，总比没有要好吧。

人可不是那种即便脱离习以为常的生活环境也能快速适应的生物。忍受着不时从脚下灌上来的冷气，连翻动文库本的手也会因此偶尔停止动作。

反正我们社团很少有人来访，既然都是看书打发时间，不如待在家里更舒服，虽然听起来有些丢人，但总比在星巴克被一群高意识系家伙（笑）包围着看书要好得多。不过，为什么聚集在星巴克的高意识系家伙（笑）总是刻意选择靠窗的位置，或是啪嗒啪嗒地敲打着苹果笔记本，或是故意炫耀自己手中的新书呢？他们是夏季夜晚爱趴在窗沿叫个不停的蛐蛐吗？

总之，想在颇受欢迎的星巴克安静地读书是不太可能的。说起人少又安静的环境，活动室未尝不是一个好去处，而且我也不讨厌活动室安静寒冷的空气。不过到了冬天，这种寒冷感似乎加速得过快了。

特别是我的位置刚好靠近走廊的墙壁，而且这面墙壁跟传说中的 PALACE 21 的墙壁一样薄。

（注：PALACE 21 是日本的一家廉价酒店。）

与其称之为墙壁，不如叫作墙板更为贴切。眼下这种天气，根本无法完成阻挡外侧寒气侵入的任务，窗户的缝隙间也不时有冷风灌入。

"……那个，不如今天就到此为止吧，这里实在太冷了。"

意识到周围的寒冷后，我再也无法忍受，颤抖着肩膀向坐在窗边的两人说道。

与我一样埋头读书的雪之下抬起了头。

"是吗？也对啊，怎么办呢？"

"欸？我倒觉得没什么呀。"

由比滨撑着下巴，若有所思地回应了雪之下的话语。

那家伙当然不会觉得冷了。

感受到活动室寒冷的那一刻，由比滨就把椅子挪到了雪之下身旁，把她膝盖上的毛毯往自己腿上扯了一个角。若在平时，雪之下绝对会因为闷热和厌烦而想办法与她拉开距离，不过今天倒意外地很享受。

因此，两人都一副怡然自得的表情。

一部分是因为有太阳光照到她们身上，不过最主要还是她们互相之间以体温取暖。你们俩还真是暖和啊……

我以怨恨的眼神看向亲密无间的两人，倾斜着身子紧贴雪之下的由比滨稍微起身。

"阿……阿企，你很冷吗?"

"……啊，是啊，挺冷的。"

被问及这个问题的瞬间，浑身再次袭来一股寒气，使我不由得搓了搓胳膊。

"这样啊……"

由比滨确认了一下膝盖上的毛毯的大小，犹豫片刻后，轻轻叹了口气。

她小心翼翼地向我这边瞟了一眼，搞得我坐立不安。

由比滨思考了片刻，深深吸了口气。随后她下定决心似的开口，以异于方才的语气轻声说道："那……那……"

正当由比滨不知该如何启齿的时候，雪之下面带微笑淡然地接过话茬。

"不如你穿上外套吧?"

也对，有道理。遵照她的建议，我抓起外套披在身上，这模样简直就像夏季因空调开得太冷而披衣保暖的 OL。

怎么还没到放学时间啊……正当我无奈地盯向墙壁的挂钟，门口突然传来了敲门声。啊! 有人来了，今天是别想早回去了。

"请进。"

无视我垂头丧气的表情，雪之下对着门外说道。随后门被推开了。

"各位辛苦了!"

闻声望去，亚麻色的秀发随风摇曳，柔顺的刘海下，一双水汪汪的大眼睛正小心翼翼地打量着四周，粉嫩的嘴角还挂着一丝笑意。

一色伊吕波今天也不忘造访侍奉社，不过比起她平日的举止，今天似乎多了几分谦逊。我有种不祥的预感……

"哟，伊吕波，呀哈喽！"

由比滨扬起手打了招呼，一色也挥起稍长的毛衣袖表示回应。

"啊，结衣学姐好。话说你们不觉得这个房间很冷吗?"

打完招呼，迈着小步子走进活动室的一色突然停下脚步，以讶异的眼神看向雪之下。雪之下则略显难为情地笑着回答道："是啊，最近取暖器出了点状况。"

"欸，这样啊!"

平淡无趣地回应过后，一色随手搬起一张椅子，走到雪之下旁边坐下，很自然地将毛毯扯过一部分，非常自觉地加入了人工被炉的行列。

"等……等等……"

见一色突然贴到自己身上，雪之下慌忙以责备的口气说道。但一色却毫不在意，一边说着"好暖和啊"，一边肆无忌惮地朝雪之下身上蹭。

"啊，不如我们再靠近点吧?"

"可以吗? 谢谢学姐!"

由比滨友好地说完，一色以略带撒娇的语气道了声谢。于是，雪之下被她们俩挤得更紧了。

给我停下! 不要再这样挤小雪了! 本来人家的"欧派"就平坦得跟风吹无阻的关东平原一样! 非要挤的话，至少也要从下往上挤啊。

当然这些话我不可能直接说出来。正当我考虑要不要制止她们的三明治夹击的时候，两人的阵势丝毫不见收敛。

"唉……"

　　雪之下放弃似的叹了口气，将自己的椅子往后挪了一点，以便给一色腾出空间。一色立马满怀欣喜地"哇"了一声，将椅子再次挪近了一点，整个身子都贴在雪之下身上了。

　　雪之下以不耐烦的眼神看向一色，不过手中的动作倒是很礼貌。她将针织布罩着的茶壶端起，把红茶倒入纸杯。

　　"……要来杯红茶吗？"

　　"啊，谢谢！"

　　接过冒着热气的纸杯，一色双手紧紧捧住杯身，小口小口地喝起红茶。嗯，你们倒是挺暖和的啊……

　　不过话说回来，最近不仅限于由比滨，连对一色都有些纵容了呢，雪之下同学……

　　不过仔细想想，毕竟对于雪之下来说，一个是为数不多的好友，一个是正儿八经的学妹。难得雪之下会展现出一个学姐应有的风范。

　　正当我孤单地坐在寒冷的角落远远地眺望她们三人，喝完红茶后彻底放松下来的一色朝我点了点头。

　　"啊，学长，前些天真是谢谢你了。"

　　"嗯，哦。"

　　我随口回答完，雪之下与由比滨立即以"你们在说什么"的眼神看向我。呃，这个不好怎么说啊……

　　不过是两个人一起出去玩了一天。虽然只是这种程度的小事，但如果对雪之下和由比滨以"我们只是出去玩了下，其他什么也没发生"这种含糊的话敷衍，又显得有些自我意识过剩。

　　但如果保持沉默回避话题，又有一种奇怪的罪恶感。不对，在我意识到这份罪恶感的瞬间就已经严重自我意识过剩了……讨厌，八幡同学你真的好恶心……

　　思索半天，我只能发出无意义的吐息和呻吟声。两个人更加生疑，雪之下皱起了眉头，由比滨则不断交替地看向我和一色。这下可难办了……

就这样，活动室突然被尴尬的沉默包围。明明是冬天，我却能感觉到头皮上的汗腺正一点点打开。

这时，一色轻轻咳嗽了一声，打破了沉闷的氛围。

"那个，我最近有个想法，我想以学生会的名义做一本免费杂志。"

"嗯？免费杂志？"

听到一色突然提出的毫不相干的话题，雪之下露出讶异的神色。不过，伊吕波，你干得太好了！多亏了你，我终于能够从那两人的视线中解放。

"免费杂志，就是那个吧？"

"没错，就是那个。"

真佩服她们，只听代词就能明白对方说的是什么。不过，毕竟上次材木座来活动室时谈过类似的话题，所以即便是如此模棱两可的表达，也不难理解。

不过，我不明白的是制作意图。

"可是，为什么要做免费杂志？"雪之下歪着头轻声问道。

一色将塞在毛毯下面的手抽出来，摇晃着手指说道："学生会每到年末不是都会进行经费结算吗？副会长他们统计了一番后，发现今年学生会的预算意外地还有剩余。"

"这样啊……"

前任学生会长是巡学姐。那个浑身散发着温柔可人☆巡巡气场的学姐不像是个特别在乎金钱的人，预算会出现剩余也能够理解。

不过，现任学生会长一色伊吕波可是个潜藏着精打细算☆伊吕波能量的家伙，但凡跟钱有关的事她都会非常在意吧……

正当我想到这里，果不其然，一色微笑着在胸前垂了下手。

"难得预算有多，还是想办法用光比较好吧？而且就剩余金额来说，做免费杂志应该刚刚好。"

"就算剩下了也不用强行增加自己的工作吧……"

无法理解，就算经费出现剩余，也没必要因此揽上更多的工作，实在无法理解……这孩子绝对是有什么企图……想到这里，我以狐疑的目光看向一色，这家伙只是敷衍似的假笑了一声。更……更加可疑了……

"但是啊，伊吕波，既然有多，存起来不是更好吗？懂得存钱非常重要哟！"

由比滨以教导小孩般的语气说道。这家伙时不时会搬出一些老妈级别的口头禅……

如果是一色的私人财产，由比滨如此建议倒是理所当然。但问题是，这不是伊吕波自己的钱，而是学生会的预算呀。

在一旁默默倾听的雪之下似乎也意识到了这一点，她以手撑着下巴。

"存起来怕是不行吧。"

"为什么?"

由比滨重新把头靠在雪之下的肩膀上，如此问道。

"因为如果年度预算有多的话，第二年的经费可能会酌情削减。如果预算决定权在我身上的话，我就会这么做。"

"对！就是因为这个！所以，为了避免我的预算来年被削减，我们得想办法在今年内全部用完，不是吗?"

说明之后，为了得到认可，一色又撒娇似的向雪之下靠近了一点，整个身子都趴在了雪之下身上。

"靠太近了……"

随即传来为难的抱怨声。被双面夹击的雪之下被迫摆出在满员电车内才会看到的拘谨坐姿。嗯嗯，你们的关系还真是亲密。

不过话说回来，一色的想法也能够理解。可关键是，预算又不是她的钱，她那句"我的预算"是什么情况……明明是学生会的经费啊！而且，就算剩余的经费足够支撑这项工作，免费杂志的发行也是繁杂的问题。

"想做就做咯，虽然我不知道你们想做什么。"

我事不关己地说完，一色立即坐正身姿，将目光挪到我身上。

"至于杂志内容，我也想过了！我想做本专门介绍附近好玩的地方、好吃的餐馆以及可爱的咖啡厅之类的杂志。"

"啊，这个不错！还有，介绍衣服和杂货店之类的也不错呢!"

"如此一来，不就成了旅游手册或者城市杂志之类的吗？不过，内容方面会更实用点……"

听完一色的想法，由比滨顿时兴奋起来，又朝雪之下的方向靠紧了一些。雪之下的姿势变得更窘迫了。

不过，好玩的地方、好吃的饭以及可爱的咖啡厅啊……好像在哪里听过这句话啊。是哪首歌的歌词来着？《人类真好》吗？好玩的地方、好吃的饭以及可爱的咖啡厅在等着我吧？不对，好像不是这么唱的，好像只有"饭"是一样的。

（注：《人类真好》是动画《漫画日本昔话》的 ED。）

"城市杂志，像《千叶 WALKER》那种吗？"

由比滨向前探出身子朝一色问道。"没错没错。"一色连连点头。

终于从三明治夹击中得到解放的雪之下轻轻叹了口气。

一色继续起她的说明。

第三章 绝对不可逾越的截止日期就在眼前

93

"由于是资讯类杂志,我们借采访的名义到处游玩,这样经费不就三两下花完了吗?"

笑容倒是纯真可爱,可说出的话着实不堪入耳。什么交体验费……唆使社交游戏玩家交钱的开发者寄语吗……

(注:一色所说的"三两下"与社交游戏的"体验费"十分相似。)

我和雪之下都保持沉默,由比滨则歪起了头。

"经费……"

你的发音听起来很像某种中药啊……

(注:日语的"经费"和"桂皮"发音一样。)

一色注意到我和雪之下的无语表情,气嘟嘟地鼓起脸颊。

"不是学长你说的嘛,经费就是用来随便花的。"

下一秒,雪之下以冰冷的眼神瞪向我。

"你净是教后辈歪门邪理呢……"

"等等,我可没说过这种话。"

我立刻提出反驳,一色却用力地摇摇头,不满地瞪向我。

"明明就说过,布置圣诞节活动的时候绝对说过。"

我有说过吗……那次我只是说反正是跟别校合办活动,经费不用我们出,随便用就行之类的吧。嗯,懂得举一反三的伊吕波好可怕。应该说,这家伙完全曲解了我的意思。

"一色你的所作所为等同于将学生会私有化了吧。"

"可是,我们学校的学生也可以因此获得更多的信息,我们也乐在其中,这不是 WIN-WIN 关系吗?"

雪之下以略带责备的语气说完,一色立即面不改色地加以反驳。好吧!这孩子被隔壁的玉绳同学教坏了呢……老爸可不允许你跟那种人交往哟!

"经你这么一说,好像还是件好事……"由比滨点头嘀咕道。

确实，如果是一件既能给自己带来享受，又能服务大众的事情，那就不能算是不正当行为。兼顾兴趣和利益可谓是最理想的工作方式。

一色的想法不是没有可行性，这点我们都懂。剩下的就是现实性的问题了。

雪之下抱着胳膊思考片刻，缓缓开口。

"但是，这样经费结算申请能通过吗？"

"别问人家嘛，雪之下学姐，这不是会计的工作吗？"

一色"呜呼呼"地笑着回答道。果然这家伙不靠谱……不过，反正就算发生了什么也是一色负责。既然通过经费申请是会计的工作，那承担出现意外时的后果就是负责人的工作了！负责人的本职不就是负责嘛！

一色居然没这方面的意识，真是可疑。不过相对地，干劲倒是十分充沛。

"然后，问题是这本免费杂志……到底要怎么做才好呢？"

一色重新摆好坐姿，直接引出今天的主题。嗯，这家伙身上除了干劲其他什么也没呢……

"就算你问我们，我们也答不上来啊……咱们几个又没有这方面的经验……"

"就是啊……根本一问三不知呢。"

雪之下也表示同意。在旁边倾听的由比滨想起什么似的拍了下手。

"啊，之前我们不是帮忙做过城市杂志吗？"

我记得好像是平冢老师亲自委托的工作。以提高地域活跃度为目的编撰一本城市杂志，要求我们以"面向年轻人的结婚特集"为主题进行制作。那时候也是花费了好大一番苦心。

想到那些苦不堪言的回忆，我不由得嘟囔了一句。一色猛

地凑了过来。

"那挺好的啊，这样一来不就行了！"

"那时我们只要想办法把多出的一页填满就行，不像现在要从零开始制作，不可能的。"

雪之下立刻将一色拉回现实，伊吕波沮丧地坐直身体，耷拉着肩膀抬头看向雪之下。

"……真的吗？"

"是的。"

雪之下语气非常冷淡，但看到一色沮丧中夹杂着些许撒娇情绪的眼神后，她没有再说话，只是默默将头转了过去。啊，不好！这样下去，雪之下绝对会被攻陷的！

雪之下虽然能对别人义正词严的理论和说辞毫不客气地加以反驳，但面对充满感情的话语或是动作，她却意外得抵抗力极低。从她与由比滨的日常便可窥知一二。

看到一色可怜巴巴的眼神，雪之下不自在扭捏着身子。见状，由比滨连忙插话。

"总之，我们最好先去查查你说的免费杂志的制作方法吧。比如找一些有经验的人讨教，或者直接请他们帮忙之类的……这样一来，我们也能一起参加了！"

"结衣学姐真好！"

温暖的话让一色露出会心的微笑。但是，仔细揣摩便会发现，这句话的弦外之音其实是做足准备工作再来找我们！

不愧是由比滨！虽然一色熟知对雪之下的撒娇技巧，但她的哀求攻击并没有奏效。

"由比滨说得有道理，确定要做的话，至少得事先花点时间做好准备。"

见我们三人面露难色，一色也沮丧地将眉毛挤成八字形。

"但是根本就不允许。"

"为什么?"

一色低下头,以沉重的语气说道: "因为马上就到结算日了。"

怎么有种听到噩耗的感觉?

这样啊,已经临近结算期了啊,难怪最近父母比往日忙了许多。据说到了这个时期,社畜们都会被迫增加各种各样的工作。

情报源自民间,根据网上散播的传言,BD-BOX 和 OVA 会集中在二、三月发售,也是出于年度结算临近的缘故。

而且,不仅限于动画相关行业。这个时期,为了使年度营业额能够达到年初定制的事业计划账单,多数公司会采用大量投放商品或者加大营销力度以增加营业额。根据就是我家老爸老妈今天估计也得忙碌到很晚⋯⋯

"我也不是非常懂,如果想把制作费用算在本年度结算内,就必须在三月初的结算期前完成,眼下二月初的结算期已经过去了,也就是说现在就要着手做了!"

一色以焦急的口吻,慌乱地挥着双手拼命解释。动作倒是很可爱,但扯到结算、经费之类的可怕单词,瞬间可爱感全无⋯⋯

剩余时间不多这点我们懂了。发票和收据之类的必须要在本月准备好,以便下月初算入经费结算。

也就是说,必须要在本月内完成所有的工作吗?

虽说二月才刚刚过去几天,但本来二月就短。在所剩无几的时间里,虽说只是做本免费杂志,但对于门外汉来说,简直比登天还难啊。

"绝对不可能,放弃吧!"

听完我的话，雪之下安静地点了点头，由比滨也无奈地露出苦笑。你再怎么用可怜巴巴的眼神看着我都没用！不行就是不行。我缓慢地摇了摇头。接着，一色悄悄地站了起来。

"学长……有件事想跟你商量……"

轻声说完，一色迈开脚步，走到我的面前，一动不动地俯视着坐在椅子上的我。明明我就在正前方，她却踌躇地将脸扭向别处。

"商量什么……"

听到我的提问，一色迟迟没有给出回答。雪之下和由比滨也诧异地看着我们。

无视满脸讶异的我们，不知为何，一色突然解开了外套的第一个扣子，接着又解开了第二个。等等，这家伙在干什么……

不仅仅是我，连雪之下和由比滨都僵硬在原地。话说这家伙到底要做什么？讨厌，不会真打算在我面前脱衣服吧？我可会很为难的！

为了方便将外套脱下，一色轻轻扭动着身子，同时，发出一阵仿佛忍耐已久的吐息。脱掉外套后，又缓缓将手伸到粉色的对襟毛衣里，在衬衣的前襟摸索起来。

"那个……"

一色一边小声哼唧着，一边在毛衣里搜索。她的手每动一次，锁骨在眼前若隐若现。实在无法忍受如此近距离的美艳光景，我偷偷将视线转向一边。

"虽然我不知道你在干什么，不过你还是到那边去做吧。"

我低着头，使劲地挥着手，同时尽可能地拉开我们之间的距离。这时，一色长长地呼了口气。

"啊，找到了！"

话音刚落，一色从衣服下取出几张纸片。她伸出另一只手抓住我的手，将纸片递到我手里。

无意间触碰到一色纤细而柔嫩的手，女孩特有的不可思议的柔软触感使我不由得石化。一色很快便松开手，将带着余温的数张纸片留在我手中。

感受到上面散发的余温，我的手心开始冒汗。我战战兢兢地打开握紧的拳头。

确实是几张纸片，粗略地扫了一眼，上面印有一些似曾相识的文字。每张纸片上方都写着"收据"两个字，下面则是保龄球场或者咖啡厅的名字，甚至还有拉面店的发票。

这些收据难道就是……

我这才意识过来，抬起头，恰巧与笑眯眯的一色眼神相撞。

看到了吗？看到了吧！那接下来知道该怎么做了吧？一色的笑容仿佛在向我如此警告，无需任何言语加以解释。

一色悄悄伸出手示意我归还收据，我慌忙递了回去，一色毕恭毕敬地收了下来，放回衬衣的上口袋里。

"那么，学长，我想跟你商量件事……"

一色以清脆而又柔软的语音重复了刚才的话语。

我知道她想表达什么，想必是在暗示我跟她是共犯关系。可这跟我没什么关系啊，我只是付了自己的那份钱，又没有受到她任何的金钱贿赂。但不知为何，我还是很心虚……毕竟天玩得还挺开心的，从广义上来讲，我也算是经费的同谋？哎呀，可是……但是……

一色掏出收据时的样子实在是太过自信，害得我都开始怀疑自己是不是真的做了什么坏事。我总算明白那种明明什么事都没干却被迫背黑锅的受害者的心情了。

我故意咳嗽了一声，重新看向一色，不如先看她如何裁决吧。

"总……总之，先听你说说详细情况吧。"

"你是不是被威胁了啊?"

"哈……"

由比滨的惊愕声与雪之下无奈的叹息声在活动室内交替回响。

×　　　×　　　×

为了更详细地说明,一色暂时回学生会办公室取资料,等待她折返的期间,雪之下重新泡了红茶。

茶水烧开后,掺杂着红茶香味的热气在活动室内飘散开来。取暖器已经无法派上用场,多亏了红茶散发的热气以及披在身上的外套,室内温度总算还在承受范围内。

"各位久等了!"

活动室的门被用力地推开,一色颇有气势地走了进来。

接着,她将手中抱着的文件夹放在桌上,把里面的资料文件一张张铺开,如同圣诞节前夕远远眺望着玩具屋贴出的宣传单的孩子,眼眸中闪烁着期待和兴奋的光芒。

见她这副模样,我突然有股想要帮助她完成免费杂志制作的冲动。但是,光凭名为气势、毅力以及干劲的精神力量是无法解决问题的。

眼下最重要的就是准确把握现状。工作这种事情就是你对现状把握得越透彻,就越容易将自己逼入窘境。

如果没有足够的预算和时间,根本就是白日做梦。若即便如此还要强制实行,工作积极怕是会受到影响。相反,就算时间和预算方面都十分充足,如果因此就认为自己胜券在握而疏忽大意的话,最后也有可能以悲剧收尾。讨厌,这是什么情况?怎么跟工作扯上边就对未来充满绝望……

101

不过，正因如此，我们才需要认清自己的承受能力。原本不工作才是正确的选择，但如果实在无法回绝，那只能想办法与对方交涉，尽量减少自己的工作量。这是我在侍奉社这种艰苦的劳动环境下摸爬滚打一年后总结出的经验。

"话说在前，我可没答应要帮你。我要先听听你具体怎么说，再决定要不要帮忙。"

"好的，这样也行！"

精力充沛的笑声，活泼开朗的笑容。呜哇……还有这双充满期待的水汪汪的大眼睛，更让人难以回绝了啊……

正当我苦于不知该如何应对，雪之下接过了话茬。

"那就请你先说说杂志排版方面的计划吧。"

"好的，嗯，之前举办圣诞节活动的时候，不是也做过一些印刷品嘛，我联系了那家印刷厂商，还详细咨询了一些问题！"

说完，一色从桌上抽出几分资料，看起来像是印刷厂商的产品手册或者估价单。不过，没想到这家伙居然已经跟印刷厂商联系过了，虽然计划力等同于零，但行动力还是十分超群的嘛……

"然后，他们推荐我们选用这个版面……"

一色指向产品手册的一处，旁边的雪之下闻声靠了过去。

"全彩八页……这可是要花大价钱啊……"

雪之下强忍头痛似地按着太阳穴。一色则"哎嘿嘿"地笑了起来。

"也不是，就是谈着谈着就顺势选了这个了。"

"你们到底是怎么谈的……"

看到我无语的表情，一色不满地鼓起脸颊。

"因为听大人们说话的时候，我都会条件反射地先回答

'是'嘛。"

"我懂我懂!"

由比滨用力地点头表示强烈同意。嗯,现在的孩子真是单纯……说不定哪天就会上大人们还有学长学姐们的当,真是令人担心。

"至于印刷数量,根据具体预算决定就行。学校也有足够的存放空间,即便要废弃也可以作为资源垃圾送出去,所以不用考虑积压风险。"

另一边,雪之下完全没有倾听两人的对话,而是自顾自地翻阅着资料。嗯,这位交流能力低下的同学,你的状况也令人担忧呢。

细读完商品手册后,雪之下抬起头,将资料从桌子上轻轻推了过来。我顺势接过,也粗略地翻了起来。商品手册上简单记载着印刷前的几个作业步骤。

"美工设计和入稿文字的排版都由对方负责。这样一来,我们只需要做页面布局,提供大致设计方向即可。"

"哦,跟以前做城市杂志的时候没什么区别嘛。"

简单来说,只要将里面的空白部分填满了就行。不过,照片和文章都必须要仔细地进行后期 FIX。说出 FIX 这个词的自己果然意识高得有些异常。

"那时候的制作页数可没现在这么多……"雪之下的语气中夹杂着些许悲壮感。

相反,由比滨却以明朗的语气说道:"但这次还有学生会的人帮忙呢。这么多人,大家一起分工的话,应该可以完成吧?"

"嗯,确实,这样会好很多……"

我刚说完,一色便苦着脸将头扭向一边。

"一色……你怎么不说话？"

雪之下温柔地问完，就向她递去柔和的微笑与温暖的眼神。但不可思议的是，从她身上感觉不到任何温度，连在一旁观望的我都不由得打了个寒战。我说，你那样子真的很恐怖啊……

一色似乎也感受到了这份恐怖，不过，她的反应更为狼狈，只见她结结巴巴地解释道："啊！不……不是……是因为现、现在学生会都在忙着结算的事，要过了这段时间才能抽出人手……"

"……也就是说，这次没法指望他们参与吗？"

"是的……"

雪之下浅浅地叹了口气，一色则无力地耷拉着肩膀。

"好啦好啦，这也是没办法的事啦。既然人手不足，那可以请朋友帮忙啊……至于这方面……就得由你适当处理了！"由比滨猛地握紧拳头，对一色鼓励道。

不过，这孩子说的"适当"不是合适和妥当的意思吧……

不管怎么说，制作成本和数量大致清楚了，能参与工作的最低人数也已经确定。接下来要明确的就是日程安排，只要问清楚这项条件，就能够判断这项计划是否可行。

虽然刚刚提到过要在本月内完成，不过我们需要更为详细的日程安排。

"那么，我们具体要在什么时候完成？"

"时间不多了，没多久了。"

一色拿出日程表，指了指其中一处。

"目前剩余的预算金额刚好足够支付这个促销套餐！如果要定制这个的话，就必须要在二月中旬前将完整的电子稿交给印刷厂商。"

呵，促销套餐，原来还有这东西。既然剩余的经费刚好够支付开销，那就没什么问题。而且时间上也刚好能赶上下次结算日期，伊吕波考虑得真是周全！

我故意思考这些以求逃避现实，不过还是有个关键词让我很是在意，无论如何都不能佯装没听见。

嗯？二月中旬？我疑惑地歪着头。一色战战兢兢地小声补充道："……也就是说，差不多就剩下……两周左右的时间吧。"

"哈？不，这怎么可能！两周绝对不可能完成。"

我摆着手如此回应，对面的雪之下也缓缓点头。

"是啊，这时间实在太仓促了。而且印刷厂商对刊登内容的修改和确认，以及后期的修正反馈工作至少也需要一星期。"

"这么算来时间更短了?!"

由比滨惊讶地看向雪之下。

"这只是能够实现计划的最理想日程。但从一开始我们就已经离理想状态相差太远，考虑到中途可能发生的意外状况，必须尽可能预留部分时间。"

雪之下思路清晰且神情淡然地为我们进行分析说明，不过，她自己也非常清楚这项计划太缺乏现实感。

"当然，前提是如果我们同意接受这份委托。"

补充完后，雪之下朝我递来确认的眼神，似乎想让我负责最终判断。虽然时间方面十分仓促，但也不是绝对不可能完成。

一星期吗……等等！假如不算周末的话，今天是星期几来着……我怎么好像不太会算。咦？八幡的算术有这么差吗？

不是啦，其实我脑袋里已经浮现出大致的数字，只不过内心无论如何都不想承认而已。

"那我姑且问下，这么一来，距离截止日期还剩多少

天……"

"那个……"

由比滨呆呆地望着天花板，掰着手指数了起来，很快她的表情便开始扭曲。

雪之下以悲伤的眼神看向我们。

"……不去数可能还有点希望。"

"在你说出这句话的瞬间就已经希望全无了吧……"

真的没戏吗？没戏？我偷偷朝一色的方向瞟了一眼，她也满脸愁苦的样子。

"……果然……行不通吗?"一色以哽咽的声音断断续续地说道。

她的眼眶湿润，气息炙热，紧拽着短裙下摆的小拳头也在微微颤抖，瘦弱的肩膀不停地上下抖动，她缓缓地、小心翼翼地窥视起我的眼神。每一个微小的动作都充满了悲伤和不甘，让人不由得想为她做点什么。

但是！我可不会上当！这种低劣的哭鼻子战术我早就在妹妹小町那里习惯了！有个妹妹整天缠在身边，即便不想，也会早晚磨炼出耐性的！所以，我也习惯了不假思索地答应她的所有要求。

"那就利用剩下的时间尽可能地做完吧……"

不小心以平日对待小町的态度答应了她。真是可恨！我的哥哥本性也是没救了！

"谢谢学长!"

一色开心地笑着道谢。相反地，另一个人则用冰冷地视线看向我，并且深深地叹了口气。

"……你还是一如既往的老好人呢。"

"好啦，好啦……这也是阿企的优点嘛……虽然也是缺点啦。"

由比滨露出为难的笑容，马上打起圆场。不过话刚说完，她也朝我递来冷冰冰的眼神。

哎呀，真是对不起，给你们添麻烦了……差点就想向她们谢罪了。不过话说回来，这可是一色提出的委托，所以不是我的错，是一色不好。

想到这里，我扭头看向一色。她长长地吁了口气。

"哎呀，真是帮了超大忙了！这样一来，来年的经费就不用担心了。"

刚才诚恳幽怨的态度瞬间不见踪影，一色一改楚楚可怜的表情，露出无比灿烂的笑容。哎，早就知道会是这样，算了不跟她计较。

不过你既然要演，那就好好把你那份可爱劲儿演到最后啊，真是让人看不到半点希望和梦想。

×　　　×　　　×

虽然时间非常紧凑，但总算弄清楚了详细的日程安排。至于成本控制还要根据往后的进展进行调整，不过现阶段在预算上并没有什么问题。

但眼下最大的问题是还没有决定要做什么。

"那么，企划会议现在开始。"

一色以拖长的语调说完，由比滨立刻激昂地鼓起了掌。一色说完这句开场白，随即以"接下来该怎么办呢"的眼神看向雪之下。

感受到视线的雪之下以手撑起下吧。

"先从杂志的理念说起吧。"

"刚刚伊吕波说的那个不就挺好的嘛，介绍本地好玩的地方、好吃的餐馆之类的。"

"啊，是啊！我也觉得这种既能到处取材又能花掉经费的企划特别合适！"

一色的发言看似完全同意由比滨的意见，但在目的上却有着天壤之别……

听完两人的意见后，雪之下摇了摇头。

"如果时间够充足，按照你们说的去做也没什么问题。但问题是现在时间仓促，要填满 8 页内容实在是太困难了。必须得想想其他方案。"

"伊吕波有什么还想做的吗？"

听到由比滨的提问，一色抱着胳膊思考起来，自顾自地念叨了几分钟后，她小声地回答道："没有……"

听到一色的回答，雪之下无力地耷拉下肩膀，由比滨也无奈地露出苦笑。唉，真是没办法……

雪之下所提议的先从理念开始入手，其实就是名副其实的正攻法。要想顺利地发行一本免费杂志，这是最为合理且有效的制作流程。不过，对于一色来说，发行杂志本身才是重点，至于内容，都是无关紧要的附加物。

现在要考虑的不是制作方的理念，而是在杂志发行后，读者们可能会出现何种想法和见解。

"如果实在不知道从何开始，那就从目标点出发，反过来思考吧。"

"哈?"

未能理解我话中含义的一色将头歪成了直角，眯细眼睛盯着我。这家伙真令人火大！好歹也是我绞尽脑汁想到的解决方案啊……

虽然一色没听懂，雪之下却很好地理解了我的意思。

"你说的目标点指的就是读者吧?"

"没错，缩小目标读者范围，制作那群人适合阅读的杂志。"

"说到读者……杂志是在校内分发吗?"

由比滨问完，一色点了点头。嗯，今后的情况暂且不去考虑，总之，先行版或者创刊号之类的还是在学校内发行比较妥当。

接下来我们需要进一步确定已经浮现出大致轮廓的读者的形象。

"然后，时限是三月前，对吧? 到那时候，三年级的学生都毕业了，主要目标读者就是一、二年级学生了吧。"

"发行得晚点的话，新生也有可能成为目标读者。"

"嗯，应该会有很多新生愿意看呢!"

"确实，新生对一切都很好奇，说不定很乐意阅读。"

三人的意见得到统一。如此一来，目标读者的圈定暂且告一段落。

确定目标范围后，接下来只要设计一个符合读者的方案，再慢慢修正方向就可以了。

做着记录的雪之下突然停下手中的动作，看着纸上的内容说道: "如果要以今年的新生为对象，可以将学校介绍之类的作为主题，然后在其中一个版块里介绍本地的旅游景点之类的……这样一来，内容就大致成形了。"

"虽然内容十分简单朴实，但作为创刊号应该没有多大问题。如果再加上一个'新生生活指南手册'之类的小标题，不就更贴切了吗?"

"嗯嗯，确实非常贴切……"

　　由比滨发出一阵感慨的声音。一色也颇为满意地拍手表示赞同。

　　"不错呢！那学校介绍部分要写什么内容呢?"

　　一色以满怀期待的眼神交叉看向我和雪之下。但雪之下只是回以冷冽的视线，似乎在劝告她之后的事要她自行思考。哦，态度真是严格呢……

　　"至于内容……社……社团活动宣传之类的……可以吗?"

　　一色心虚地将身子缩成一团，手紧紧地捏住胸口的衣服。

　　见雪之下没有任何回应，伊吕波小心翼翼地朝她递去"这么做可以吗"的视线。

　　由比滨则神情紧张地盯着两人。

　　短暂的沉默包围了活动室，气氛开始变得有些紧张，一色为难地"呜呜"地哼唧着。别这样了，她的样子真的好可怜啊，赶紧告诉她答案吧。

　　不知是不是我的愿望奏效了，雪之下终于露出微笑。

　　"……嗯，这样也可以。"雪之下将滑到肩膀前的长发撩到背后，点头说道。

　　一色终于安心地吐了口气。

　　"那就这么决定了哟。社团介绍的话，社团、社团……"

　　由比滨激动地点点头，开始在纸上写起各个社团的名字。雪之下也将脑袋凑了过去。

　　"只是介绍现有的社团就有不少的内容，应该能写满 2 页吧。"

　　"尽量多填一页吧。"

　　8 页看似很少，其实做起来内容非常多。区区 8 页读起来也许三两下就读完了，但若换成自己去编撰，可是需要花费相当大的时间和精力。之前帮忙做城市杂志的时候，虽然只有一页内容，却也死了我不少脑细胞。

"也对，那就腾出一个大版面对其中一个社团做专题报导吧。"

"那肯定是网球社了!"

"那就足球社啦!"

我和一色异口同声地回应了雪之下的提议，接着互相瞪起眼来。

"当然是网球社啊，大家都想进网球社吧。"

你看，很多人都知道《网球王子》吧，而且最近网球也很有人气啊。但一色也毫不退让。

"再怎么想都是足球社比较合适吧。大家都比较关心里面的情况，关键还有叶山学长在那里。"

一色义正词严地加以反驳。嗯……你搬出叶山的话我就没什么好说的了……确实，把叶山的照片放上去的话，应该会颇受好评……相模南肯定会激动万分地抽走几份，三浦也会趁没人的时候偷偷拿走一部分。哎呀，如果上面是户冢的照片的话，肯定会被大家一抢而光啊。不，那可不行，户冢只属于我一个人。

正当我在心底做着强烈的思想斗争，刚才一直保持观望阵势的由比滨露出了为难的神色。

"嗯，如果只对某个社团特殊对待的话，肯定会有人有意见的……"

"没错，说不定有人会抱怨。"

你的担心很有道理，由比滨。不愧是比滨同学! 实际上，即便我们没这个想法，也无法得知读者到底会如何评价。若想避免一些不必要的麻烦，最好老实地按照模板的样式制作。

但很显然一色并不这么想，她皱着眉头，嘴巴不满地往下

撇，露出不快的神色。

"欸？别管那些人的想法不就行了嘛。"

哦……这家伙的心理承受能力真是强啊……不过，按照一色的这种个性，不管做什么都会被人说闲话吧！所以，这种破罐子破摔的态度说不定是正确的呢。

"这样不行吧。毕竟是以学生会的名义发行的杂志，还是要考虑周全比较好……毕竟最后遭受非议的还是你自己。"

虽然雪之下的语气非常冷淡，但话语间却充满了对一色的关心。

"……嗯，说得也对。"

雪之下总算以自己的方式阻止了学妹走向错误道路，一色极不情愿地点点头。

虽然不是非常明显，雪之下也在努力地扮演学姐的角色呢。

"啊，对了，隼人不是在社团联合会担任会长吗？如果以部长代表的身份接受专访，大家想必都能接受吧？"

另一个好学姐由比滨以轻快的语气说道。一色马上抬起头，绽放出光彩四射的笑容。

"这主意不错，那我负责采访！"

"那就利用采访内容填满一页吧。"

决定好方针后，接下来该逐一落实每个项目。

雪之下开始将每个社团的部长姓名、照片、个人评价等有用信息整理成一览表。在一旁观望的一色开口问道："不把侍奉社写进去吗？"

被如此问道，雪之下和由比滨顿时面面相觑。不知是在向对方确认，还是只是单纯地感到困惑，两人一时间陷入沉默。这时就要看我的了。

"我们社团就不用写了。"

"为什么呀？"

"这个，没有为什么……"

一色不解地歪着头，疑惑的视线使我不知该如何回应。为了敷衍过去，我随口编了几个无须有的理由。

"介绍自己的社团很难为情啊……"

由比滨也赞同似的点点头。

"嗯，确实……"

"再说也没几个人知道这个社团的存在，写上去也没谁愿意看。"

我补充完之后，雪之下也以手托着下巴，开始思考起什么。

"是啊，而且我们也没有再招募新成员……"

"对吧，而且眼下要尽可能地减少工作量，优先处理编辑工作才是。"

虽然嘴上这么说，但我心里明白，这并不是真正的理由。

我只是单纯地不知道该如何去写。对于我们这个社团，以及它的存在方式，该如何去描述和定义呢。我依旧找不到答案。

正当我张开嘴准备补充一些借口的时候，一色叹了口气。

"……好吧，既然如此，那也没办法了。"

一色总算是接受了，她在笔记本上快速地记录下来，接着一面翻动笔记本，一面将身子转向雪之下和由比滨的方向。

"那内容方面设计成这样可以吗？"

"嗯。接下来就是景点介绍了……"

听完雪之下的话语，一色从口袋里掏出了智能手机。

"啊，说到景点我事先有调查过！这些是店铺的照片！"

"嘿，我也要看我也要看！"

由比滨将头凑到一色的手机屏幕前方。自然地，雪之下也

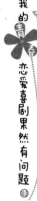

再次受到双面夹击，她勉强探出头，凝视起一色手机上的内容。

一色的手指麻利地滑动着屏幕，手指每动一次，便能听到"这个好可爱啊""这家很不错呢""等等，刚刚的照片再给我看看，对，就是这个猫咪玩具"之类的充满女孩子风格的对话。

被撇在一旁的我也只好一边倾听着三人的对话，一边无聊地把玩起手机。

突然间，谈话声戛然而止。

我略感讶异地看向她们，一色露出一副像是犯了错的表情，由比滨和雪之下则以微妙的眼神盯着我。

"欸？怎么了吗……"

"啊，嗯，没什么，我、我也好想去这家店看看呢……"

由比滨啊哈哈地笑着敷衍道。旁边的雪之下也露出了意味深长的微笑。

"……照片上看起来很开心呢。"

这房间是不是变冷了？真的好冷啊！能不能早点把取暖器修好啊……

　　　　×　　　　×　　　　×

"嘎哒"一声，杯子被放回到托盘上。

"这样一来，店铺取材的问题就解决了。"

"是啊！"

回答之后，一色将手机收了起来。原来出去游玩时拍摄的照片是为免费杂志做准备的啊。随后，一色向雪之下和由比滨解释了事情的来龙去脉。虽然不清楚她们会怎么想，但至少我终于从冰冷的视线中得到解放。

114

"那这个任务就交给伊吕波啦。"

说完，由比滨在笔记本上画了个圈。制作内容终于确定下来，接下来需要明确每个人的分工事项。不仅要决定每一页的负责人，还需要分配好每个人负责的领域。

雪之下将笔记内容大致总结了一番。

"页面设计、日程管理、设计推进由我来担任。由比滨同学负责对各社团的采访以及印刷厂商的修改反馈。"

"明白！"

听到由比滨干劲满满的回复，雪之下满意地点点头，接着朝我这边瞟了一眼。

"至于比企谷……"

"就负责摄影吧。"

负责各个社团的摄影工作，也就是说，我可以光明正大地拍户家的照片。别客气，尽管交给我吧！看到我跃跃欲试的样子，雪之下毫不留情地泼了盆冷水。

"撰稿，取材，摄影，企划，制作，校对，涉外，会计，杂务……你全包了。"

这么多……而且还增加了许多不必要的工作。见我露出不满的表情，雪之下瞪了我一眼。

"有什么不满吗？"

不是有什么不满，是什么都不满。正当我在心底如此嘀咕着，由比滨轻轻拍了下雪之下的肩膀。

"那个那个，小雪，你看，反正店铺的取材已经完成了……"

经过由比滨的劝说，尽管雪之下有些不情愿，但还是轻轻地叹了口气，将头发撩到背后。

"也是……那比企谷就负责撰稿和杂务吧。"

"……明白。"

点头的同时，我在心中摆出了"明白！"的横向☆PEACE手势。也对，文字类的工作交给我会更有效率一点。让由比滨和一色出马的话，估计修改起来会让人吐血。让雪之下写的话，指不定又会写出什么刻板高冷的文章出来。

就在我们决定好各自的分工，正准备开始作业的时候，一色弱弱地举起了手。

"那个，我要做什么好呢？"

"当然是负责总编的工作了。"

"哇，听起来好厉害！"

雪之下毫不犹豫地回答了一色，由比滨则像是祝贺般鼓起了掌。呃，这件事本来就是一色提出来的，让她担任最重要的工作也是理所当然吧。不过看她歪着头的样子，似乎完全没有这方面的自觉。

"总编一般都要干什么呀？"

听到一色的提问，雪之下无奈地叹了口气。

"好吧……首先要去向店铺方取得刊登店铺情报和照片的许可。"

"好的！交给我吧！"

一色颇有干劲地给出了响亮的回应。听完一色的回答，雪之下再次补充了一句。

"然后就是确保流通路径。派发地点已经决定好了吗？"

"像学生会办公室前、教职工室前这种人流量较多的地方就可以吧？"

"那么，请先获得使用许可。"

"好的！那我这就去向平冢老师申请。"

"回来的时候能顺便带罐咖啡吗？"

一色从雪之下手里接过笔记本，小心地抱在胸口，并且扬手朝她敬了个礼。

"好的！知道了！话说，这不是杂务干的事吗?"

一色失望地垂下肩膀。啊，这家伙居然察觉到了。

"整体的监督和确认、与外部的交涉、最后的确认以及适当支援其他部门都是你的工作。"

原来如此！对雪之下的说明发出钦佩似的吐息后，一色从椅子上站了起来。

"那我去找平冢老师了哟!"

"那就拜托了。"

正欲出门的一色穿过我身旁时，突然扯住了我的衣袖。

"我们走吧，学长"

"不，你自己去吧……"

"有学长在的话，就相当于带了根避雷针，不对，就更容易有灵感啦。而且学长你这么可靠!"

(注："避雷针"和"灵感"前部分发音相似。)

都说出来了，还改什么口……不过正如一色所言，我作为避雷针的性能还是颇受好评的。既然我的在场能有助于谈话的顺利进行，那就暂且跟你去一趟吧。

"那走吧。"

我挣脱开被一色扯着的衣袖，从座位上站了起来。这时，伴随着一阵椅子挪动的声响，由比滨也站了起来。

"啊，那我也一起去吧!"

"哈……说不定要对资料进行说明，我也去好了。"

雪之下也叹了口气，安静地离开座位。

"好！那我们一起去吧!"

由比滨紧紧挽住雪之下和一色的胳膊，三个人并排向门

口走去。嗯，这样一来，即便是寒冷的走廊也不会觉得冷了呢……

不过，既然她们三个都去，那待会儿就不用我干什么，直接傻站在那儿就行了。这么想着，我也跟着她们离开了活动室。

×　　　×　　　×

进入办公室后，我径直朝平冢老师的办公桌走去。

此时的平冢老师正坐在一张最为杂乱的办公桌后。她在笔记本前快速地敲击着键盘，偶尔伸手夹起一口外卖店送来的荞麦面。这人又在吃面啊……

"平冢老师。"

"嗯？哦，比企谷啊。大家都来了，有什么事吗？"

"有件事要跟你商量一下……"

"嗯？嗯……"

平冢老师朝碗瞟了一眼，若有所思地停顿了片刻。

"可以边吃边说的。"

"是吗？那真是对不住了。"

雪之下说完，平冢老师"啊哈哈"地笑了笑，将面移到了手边，接着把椅子转向我们这边，直接侧身操纵起了筷子。

"那么，要找我商量什么？"

平冢老师一边吃着荞麦面，一边催促我们说明来意。

"我们想做免费杂志。"

"免费杂志？"可能是听到了意料之外的词，平冢老师惊讶地重复了一句。

于是，一色就对免费杂志的发行计划做出详细说明。雪之下也会看准时机偶尔加以补充，方才总结的概要资料、宣传册

118

以及预算单也一并呈给平冢老师确认。

"估价单已经做好了，刚好在预算范围内，实行应该没什么问题。至于内容方面，虽然还只是粗略计划，不过大致都在这里了。"

"嗯。"

平冢老师一面吸着荞麦面，一面饶有兴致地看着资料。将纸质资料大致翻阅一遍后，她大概掌握了企划的框架，抬头看向我们。

"嗯，你们要做也可以……不过这杂志用糙纸做誊写版印刷，不行吗？"

平冢老师刚说完，由比滨立即疑惑地歪起头。

"糙纸？"

"哈？誊写版？"

一色向平冢老师投去讶异，不对，确切地说是不礼貌的眼神。态度恶劣，这孩子的态度真是太恶劣了……

若在平时，平冢老师必然要对她进行一番思想教育，但今天似乎没有这个精力。

"这样啊，原来你们都不知道啊……"

平冢老师无力地嘀咕了一声，脸上闪过一丝苦闷的表情，随后露出一个略带嘲讽的笑容。

"这东西是听说过，不过我没见过实物……"

"也是啊……"

最后，雪之下以抱歉的语气做出回应，平冢老师回复的声音略微颤抖。没办法嘛，毕竟机器和信息日新月异。话说回来，就算以老师的年龄，也不太可能见过誊写版的实物啊……不，我可不知道老师的年龄哟。

这位年龄不详的貌似三十多岁的女教师蜷着背抱起了面碗。

"没问题，你们尽管去做吧。"

丢下这句话后，她表情悲壮地继续吃起了那碗早已泡过头的荞麦面……

×　　　×　　　×

得到平冢老师的许可后，我们总算可以正式开始工作了。

为完成自己分配到的工作，我也借来一台电脑，开始撰写文稿。

这时，雪之下快步向我走来，对我轻声询问："比企谷，能打扰你一会儿吗?"

"嗯。"

我简单的回应之后，雪之下便坐在我的斜前方，摊开一张排程表。所谓排程表，其实就是记录各页大纲以及负责人员的一览表。

雪之下以笔尖指了指排程表的一角。

"还没有想好封面要怎么设计呢。"

"利用一些图画或者照片糊弄过去比较省事吧。"

"照片上搭配解说词，再配上标志和边框，以这种简约设计蒙混过去?"

"嗯，只要将封面设计成《时代》《福克斯》之类的风格就行了吧。"

"也对，意图明确反而会显得更美观。"

"而且关键是不太费工夫。"

正当我们聊得起劲，突然感觉远方传来一股视线。我扭头望去，一色正表情阴郁地凝视着我们。

"完全不懂他们俩在说些什么……"

"对吧，听不懂吧，我早就这么想了！"

由比滨从桌子上方探出身子说道，找到同伴很激动吗……那两位好伙伴似乎在忙着制作各社团的留言模板。这件事情就交给她们好了，我们继续方才的探讨话题。

往排程表中做记录的雪之下突然停下手中的动作，一边用笔戳着脸颊一边说道："这个设计方向是不错，问题是素材。"

"就用一色的照片就行了嘛，反正她是会长。"

我用大拇指指了指一色的方向，她连忙摆了摆手。

"欸？要我当平面模特（gavure）吗？穿泳衣出镜什么的绝对 NG（no go）哟。"

"你想多了吧……而且，没谁要你穿泳衣啊。"

你还有其他什么 NG 吗……哎呀，我也知道她是故意以此强调自己属于清纯派。不过，到了我这个等级，压根不会相信清纯派、素人或者魔镜之类的词语。

"这样……"

一色忽然有些不耐烦，语气莫名地变得冰冷，眯起的眼眸中释放的光芒异常尖锐。她的嘴巴不满地弯成倒 V 型，手放在胸前稍微思考了片刻。不一会儿，她像是想起了什么似的，露出了非常不妙的笑容，接着以异于方才的可爱语调说道："那……谁的照片放上去会比较受欢迎呢？啊，比如结衣学姐？"

"等……等等！不、不行，我绝对不行！"

被一色用力一扯，由比滨整个身子向前倾了过来。由于上半身前倾，微微张开的衣领口处露出了白皙的肌肤。面对这过于美艳的画面，我以意志力强迫自己将视线抽离。我不会输！我才不会输给人类的欲望！

我好不容易抬起视线，却又不小心与她四目相对。由比滨

的脸颊瞬间染上红晕。

"啊，那个……这种事情好难为情啊……我绝对不要被这么多人关注……"

由比滨别开通红的脸颊，支支吾吾地表示推脱。随后，以炙热的眼眸朝这边瞟了一眼。说实话，虽然由比滨上封面会让部分人欢欣雀跃，但我不会为这件事感到高兴。你看，她本人非常反感，不是吗？

"没有，我也……怎么说呢，绝对不会拿你的照片做封面的。"

"是……是吗？那真是太好了。"

由比滨稍稍安心下来，紧绷着的肩膀也总算得到舒缓。我也浑身放松下来，长长地叹了口气。

等到由比滨冷静下来，我终于明白为什么话题会转向奇怪的方向。

"话说回来，gravure 不是泳装写真的意思啊。我记得明明指的是照片印刷。"

（注：Gravure 指的是封面照片印刷，而 gravure idol 指的是平面模特。）

我说得没错吧，雪基百科小姐？想到这里，我朝雪之下看了一眼。她正不停地摆弄着领口的绸带，跟我视线相撞后，立即将头转向一边，然后将绸带用力系紧。

一阵微弱的叹息传至耳边。这种时候能不能不要保持沉默啊……

"总之，用普通的制服照片就行。好了，下一个问题，雪之下，封底该怎么办？"

我立即转换话题，雪之下以责备的目光看了我一眼。虽然她没有吱声，不过看似在倾听我的发言，于是我接着讲了下去。

"要不要放点广告？比如不可思议的算盘、速读术、肌肉锻炼机或者健康器材之类的。"

如果拍张躺在钞票堆里的材木座的照片估计会很有趣，我一边漫无边际地想象着，一边如此提议。

（注：日本的杂志上经常能看到几个人躺在钞票堆里的广告宣传照片。）

这时，雪之下终于开口了。

"就算现在去找愿意投放广告的商家也不现实了吧。如果今后还会发行或许可以考虑一下，但至少这次是不行的。而且手头也没有素材，所以考虑用文字填充会比较可行。"

她的目光始终停留在排程表上，语气淡然地说道。我思考了片刻。

"你是指专栏或者编者后记之类的吗？这一块就交给我来吧。"

"好吧，那就拜托你了。"

简短地回答完后，她连看都没有看我一眼，直接开始忙起了手头的工作。圆珠笔与纸面摩擦的声音十分突兀，她还因为刚刚的话题耿耿于怀吗……明明没什么好在意的啊……

没事的！还是有希望的！就遗传角度来考虑的话！

×　　　　×　　　　×

于是，我的工作就是负责整个写作部分，以及自愿接下的摄影任务。所以，前往各个社团拍摄的时候，我也会同行。由于时间紧迫，拍摄分成两队行动。我和一色，然后由比滨和雪之下。沟通力与学习力平均搭配，算是比较妥当的分组方法吧。我们以男子社团为主，而由比滨她们则以女子社团为中心

进行拍摄。

我们最初的拍摄对象，当然就是……网球社了！

由比滨已经做好了事前沟通，我们只需冒着寒风直奔网球场。

"接发球慢了，再加把劲儿哟！"

球场内回荡着的可爱的声音，正是来自网球社部长户冢。他一手将球拍搭在肩上，另一只手叉着腰，正对后辈们进行指导。看来这部长已经当得有模有样了。

我们走到场地边上时，户冢也刚好看到我们，一边挥着手一边朝我们跑来。

"八幡！还有一色同学，你们好啊！"

"你好……今天就拜托你了。"

"抱歉啊，打扰你们了。"

配合郑重地低头行礼的一色，我也扬了扬手朝户冢打了个招呼。

"不，完全没事！那个，是要拍照，对吧？随时都可以哟。"

户冢轻轻摇头，张开双手转身指了指整个网球球场，接着回头朝我们微微一笑。嗯，这是准备万全的意思吧！

"那咱们赶紧拍吧……"

双手张开的户冢十分可爱，这个姿势先来一张。我拿起相机按下快门。突然的拍摄令户冢有些吃惊，于是再来一张。看他可爱地歪着头的样子，我又拍了一张。正当我重新摆好相机位置，打算拍下户冢不可思议的表情的时候，他满脸疑惑地开口问道："那个……不用拍练习场景吗？"

"那边也要拍，当然要拍，不过现在先拍这里。"

我义正词严、冠冕堂皇地解释道。也许是被我的魄力所压

124

倒，户冢有些不知所措。

"是……是吗……真有点难为情啊……嗯……"照相机另一侧的户冢有些害羞，困扰地以手捂住通红的脸颊，接着，他朝网球场方向看了一眼，小声地说道，"不过，看到这些照片后，说不定新生们都会争着进网球社……"

"也对，新生有可能会参考这个。"

关于我们的免费杂志的宗旨，由比滨事前已经清楚地传达过了。对于各个社团来说，这也是个展现自我的好机会。我刚说完，户冢下定决心似的抬起头。

"我……我会努力的……"

接着，他在胸前轻轻握拳，为自己打气。

"是……是吗……那加油吧。"

虽然说服了户冢是件好事，但我怎么有种用花言巧语骗他拍照的感觉。这种罪恶感是怎么回事……不，等等，这不是什么罪恶感……而是背德感！不过，这倒让我更有干劲了。

"好嘞，那我就随便拍了。"

"嗯！"

听到他响亮的回应后，我再次举起相机。

"你先挥个拍试试。"

"哦，嗯。"

我以仰角方式拍下户冢挥拍的姿势，将迈出步子、充满跃动感的户冢疯狂地拍了一通。身子失去平衡一脚踏空的户冢也被我收录在镜头下。我真是太会抓拍了。

尽情地拍完运动中的户冢后，摄影进入下一个阶段。

"接下来抱着球拍吧。"

"嗯……嗯?"

户冢有点摸不着头脑，但还是按照建议紧紧抱住了球拍。

我举起相机速拍、激写、最后甚至拍起了全景。然后作为备选，又添加了用毛巾擦汗的动作。正当我无比投入地喊着"很好很好！动作再大胆一些"同时手指不断按下快门的时候，旁边的一色发出十分不爽的声音。

"学长，差不多可以了吧……"

"是吗？啊，也是啊。"

"是啊。"

一色连连点头。嗯，她说得也有道理。

"确实挥拍的姿势已经拍够了，接下来拿掉球拍吧。"

"哈？"

无视僵在原地的一色，我瞅了瞅取景器，开始构思接下来的拍摄计划。

"户冢，能打扰你一下吗？"

"……嗯。"

可能是有些疲惫，户冢的回答显得很低沉。我发现了，跟我家被调戏过度后变得无精打采的猫猫雪洞的表情一样。也就是说他跟猫猫一样可爱呀。

听从我的建议，户冢将球拍放在脚边，摆出双手抱膝的坐地姿势，我从正面及左斜方进行拍摄。接着，我又让他摆出其他各式各样的 pose，其中还分成看镜头和不看镜头两种模式，当他看镜头的时候，我会快速将他的笑容和疲倦感记录下来。

"八……八幡……还要拍吗？"

户冢带着僵硬的笑脸断断续续地对我说道。

"这……这个嘛……"

看来户冢也有些累了，怎么办呢……我思考了片刻，突然灵光一闪。

"那咱们先休息会儿吧。"

126

"还没拍完啊……"

户冢的肩膀无力地耷拉下去。嗯，果然稍作休憩的决断是正确的。好了，该为后半战做准备了。我拿起相机，逐一翻看到目前为止拍的照片，最后发现一个很严重的事实。

"一色。"

我叫了一声早已厌倦与我组队，站在稍远的位置眺望这边的一色。她不耐烦地走了过来。

"干吗啊？"

"还有备用的存储卡吗？容量用光了。"

"你到底拍了多少张啊……"

"我都已经删了很多没用的了……"

听我说完，一色长长地叹了口气。接着，她一把拽住我的外套下摆，扯着我向前走去。

"我们已经拍完了！户冢学长，今天真是太感谢你了！"

"啊，哪里的话，我要感谢你们才对！"

听到一色的话语，无力地蹲坐在地上的户冢立即绽放出笑容。

好想把这张笑脸也记录下来啊，可我仍旧被一色紧紧地拽着，根本无法进行激写或者连拍。既然如此，那至少让我收藏在心灵相册里吧，于是，我将那张笑脸深深印在了心底。

×   ×   ×

我被一色一路上连拖带拽地来到了足球社。

他们的练习场地就在网球场旁边的操场上，没有间隔多远的距离。顺便说下，我对足球社根本没什么兴趣。

我打算随便拍个几张就回去，但一色死活不同意。

© ponkan⑧

"啊，就是那边，以叶山学长为中心多拍几张。哦，就是现在，快点！"

她激动地拍着我的肩膀，示意我抓拍。每拍完几张，她都要亲眼确认。

"给我看看。啊，这张把户部学长都拍进去了，删掉。"

说完，她毫不犹豫地按下删除键，又把相机塞回我的手上。我说，这也没什么吧，不就是拍到了户部吗……谁会在意有没有拍到他啊？

这种情况持续了很长一段时间，工作进展十分缓慢。

"喂，拍够了吧，都没有容量了……"

"这都怪谁啊。"

一色鼓起脸颊，向我瞪了一眼。被她这么一说，我竟无言反驳。结果，我被迫一直拍到足球社模拟训练结束。

接着，训练结束的叶山朝我们走来。

"叶山学长！"

一色挥着手向他打招呼，他只是轻轻扬手回应。

"结衣已经跟我说过了大致情况。听说你们要做免费杂志？你们社团还真是什么委托都接啊。"

叶山虽然脸上挂着爽朗的笑容，话语间却带着一丝不耐烦的口气。

"都说了，这就是我们的工作。我才不想被刻意中断练习跑来接受采访的家伙这么说。打扰到你真是抱歉。"

"你这种道歉方法真是奇特啊。"

他耸肩一笑，朝中庭的方向看去。

"这边有点冷，我们到那边去采访吧？"

"啊，说得也对。"

中庭四周被校舍围绕，冷风不容易吹进来。一色露出灿烂

的笑容，率先往那个看似不错的地方走去。自动售货机旁边恰好有张简单的长椅。一色坐下后，拍着旁边的位置朝我们招手。真是聪明……

我让叶山先走，自己则走到自动售货机前买了罐装黑咖啡和红茶。我捧着热乎乎的饮料罐，走到叶山面前。

"你就随便说点像样的场面话就行了，这种东西你很在行的吧。"

边说着，我边把罐装咖啡递给叶山。伸手接下的叶山满脸惊讶地喝起了咖啡，他轻轻地叹了口气，以调侃似的语气苦笑着说道："你这是在讽刺我吗？"

"明明是在夸你，不要在意细节，总之拜托了。"

"……好吧，我会尽量迎合你们的要求的。"

说完，叶山微微扬起嘴角。我轻轻举了举手，再次扭头看向一色。

"那咱们就开始采访吧！"

一色立即启动手机录音功能，我将红茶放在她身旁，向后退了几步以便拍摄。我摆好相机的位置，对准前方的叶山，虽说还是大家所熟悉的那个叶山隼人，但现在的他跟刚才以开玩笑的语气苦笑着调侃的样子又有些不同。

×　　　　×　　　　×

叶山的采访与拍摄工作结束过后，我们接着拜访了被分配到的其他几个社团，完成了预定的取材和摄影任务。就连摆着演讲手势的叶山也被记录了下来，从拍照质量上来说相当没问题。

负责女子社团的由比滨与雪之下差不多也该完工了吧。这么说来，最后只剩下一色的封面写真拍摄了。

按照作为模特的一色的要求，地点选在了学校的图书室。

从中庭绕到楼梯口，换上室内鞋，经过教职工室门口，我们走进了图书室。

距离放学已经过去一段时间，图书室内几乎没有几个学生，整个空间流淌着静谧的氛围。

"所以，为什么要选图书室……"

一色在图书室内来回打探，企图寻找到最合适的拍摄场所。我对着她的背影询问完，她转过身看向我。

"图书室毕竟给人一种很知性的感觉嘛。"

"你这发言真是太不知性了……"

"有什么关系？印象很重要。"

她转过脸，继续往前走去，中间有数次停下脚步。过了许久，她终于找好位置，在背对书架的桌子那儿坐了下来。接着，她拿出化妆镜，兴冲冲地整理起自己的着装打扮。

高大的书架巍然地耸立在一色身后，暗色系的背景恰到好处地衬托出一色的光彩。考虑到读书的舒适度，即便是黄昏时分，图书室内依旧光线明亮，一色白皙的肌肤上透着一抹温暖的色彩。

虽然我是外行人，详细知识不是很懂，不过此刻一色的姿态很美。不愧是一色伊吕波，太懂得如何彰显自己的魅力了。

"那我多拍几张。"

一色没有任何回应，只是摆出了托腮的姿势。

充满诱惑力的可爱眼神，湿润的眼瞳及长长的睫毛让人印象深刻。带着些许得意微笑的嘴角透露出几分稚嫩的感觉，但樱花色的嘴唇却意外的柔软而美艳。

虽然相机镜头很好地对准了她，可我却忘记按快门。直到

我听到一色故意清嗓子的声音，才迟迟回过神来。

连续按了几下快门后，我放下相机，逐一确认方才拍的画面，为了掩饰尴尬，我故意向她搭话。

"你很习惯拍照呢……"

此时的一色刚好对着镜头思考着接下来要换什么姿势，听到我的话语，她微微歪着头。

"是吗？大家平常不都经常拍照吗？"

"谁会没事老拍照。"

个人觉得只有旅行、活动或者其他非日常的时候才会拍照留念吧。至少我的成长环境里是这样的。

但一色的发言却截然相反。她"啪"地关上化妆镜，偷偷瞟了我一眼。明明相机没有对准她，却依然露出柔和的微笑。

"你不觉得回忆非常重要吗？"

这就是一色伊吕波的生活观。

无所谓日常还是非日常，哪怕是一成不变的光景，也是值得拥抱的珍贵记录。她如此说道。

"……也是啊。"

简短地回答完，我再次举起相机。那么，现在这张照片是日常的记忆呢，还是非日常的记录呢？我一边思考着这些，一边按下快门。

×　　　×　　　×

自工作开始已经过去了几天，所有素材都已经基本收集完毕。社团介绍、景点指南都进展得十分顺畅，新闻报道也大致告一段落。排版设计方面没什么大问题，页面很快地被逐一填满。

至于采访报道的页面，随便加些细节上的解说、起个醒目的标题，然后再做些细微的调整就基本完工。部长们的留言部分也只需粗略地做些语法上的修正即可。

好顺利，本该是这么顺利的。

社团的介绍、推荐景点的描述文章、采访的文字记录以及一色语的翻译工作都很仔细地完成了。关于刊登的照片也已经过各个社团的确认。连封面照片也在一色的强烈要求下进行了一番修正，一切都平稳地进展着。

可是啊……可是，不知为何，我的写作工作还是没有尽头。

"为什么会变成这样……"

因为我在认真工作?! 我确实很认真，不只是普通的报道写作，我还去帮了雪之下的忙，还替由比滨去催游戏部的留言。

至今为止的几天时间，我每天都非常认真地忙到天昏地暗。所以才会这样吗? 忙得废寝忘食以至于将其他工作忘得一干二净……

距离截止日期还有两天! 都到这个节骨眼上了，我还有整个栏目没有做。

我困扰地抱着头，站在旁边的一色顺势为我从塑料瓶里倒了杯红茶。

"来，喝杯茶吧。好好加油哟。"

说完，一色将瓶子放回桌子底下的迷你冷藏柜里，坐到了斜前方的另一张桌子前。

异于往日的红茶、桌子还有椅子，气氛截然不同的房间。

如今，我正被监禁在学生会办公室内，在一色的监视下被迫写完剩下的专栏。由于活动室的取暖器还没有修好，在一色的建议下，我的监禁场所挪到了学生会办公室。

我看了看窗外，已经是傍晚时分。虽然很想确认具体时

间，但无奈平日代替手表功能的手机也被上缴了，根本无法得知。朝室内环顾了一周，发现墙上的钟表已经指向非常残酷的数字。

刚刚放学我就被带到了这里，到现在为止一步也没有挪动过。为什么会这样？因为明天就是截止日了。

呜啊啊啊，糟糕了……完全写不出来……根本不可能赶得上……

我艰难地敲着键盘，绞尽脑汁想着尽可能多凑几行内容，但写到一半又感觉不妥，途中又将其删除，反复如此。完了，真的完了啊啊啊啊！再这样下去就来不及了啊啊啊啊啊啊！

一色满脸阴沉地看着在桌子前躁动不安的我。哇……她欲言又止地轻轻摇头，突然像是发现什么似的，在外套口袋里摸索起来。

"学长，你的电话。"

说完，她从口袋里掏出我的手机，递给了我。

不过，截止日期前打来的电话一般都没什么好事。再说了，随便催催就能赶出来的话，那动画就不需要什么总集篇了，因作者的问题导致的发售延期也就不存在了。

所以，这时候的电话只需要确认完对方名字后无视就行了。

"……谁打来的？编辑吗？"

听完我的问题，一色嫌弃似的叹了口气。

"你已经被逼到张口闭口就是编辑了吗……让我看看……啊，上面显示的是'老妈'呢，是你母亲打来的吧。"

"……编辑的母亲打来的？连家人都来监视我了吗？"

"怎么可能？你想到哪去了。是学长你的母亲，我猜。"

"哦，那我待会儿打回去，不用管。"

"哈，这样啊。"

一色简短应了一声，把我的手机放回口袋。然后，她翻阅起厚厚的一堆类似结算资料的文件，时不时地盖上几个印章。

有她在旁边，我都没办法集中精力干自己的活了……没办法，我只好硬着头皮敲起键盘。

就这样，又过了一段时间。

窗外的天色已经彻底暗了下来，很快就要到离校时间。不知何时，一色的工作已经完了，盖章的声音也告一段落。我瞟了她一眼，一色正盯着手机屏幕。

今天做到这里差不多可以了吧……反正还有明天。明天再加把劲儿的话应该能做完吧……

冒出这种想法的瞬间，我的注意力便开始涣散。

"不行，今天写不出来了，越急越写不出像样的文章，还是先回家睡一觉转换下心情再说吧。"我大声宣布道。

一色立即从手机上抬起视线，看向了我。她无奈地叹了口气，露出温柔的表情。

"哈，好吧，这样也行吧。"

"对吧，稍微迟一点也没问题的对吧！"

磨刀不误砍柴工嘛。由于截止日期前的过度紧张与连续作业导致的疲劳，以及得以逃离现实的神秘激昂感，我竟不小心啊哈哈哈地笑出了声。

一色的脸色立马沉了下来。

"……欸？来不及吗？"

"呃，不是，我也不知道……"

其实，也就是个几千字的专栏，这两天努力一把的话，也不是不能完成。只是考虑到今天磨蹭了几小时才写了几百字，情况还是十分严峻的。

说真的，这些话我不敢说出来。因为还没等我说明，一色

就已经抱起了头。

"我很为难……我会很为难的……欸，这样不就糟糕了吗?"一色小声地呻吟着，整个身子趴在桌上，以略微湿润的眼神缓缓看向我。然后小声嘀咕着"经费、促销套餐、追加费用、预算超额、结算收支"等，整个身子也跟着颤抖起来。

看到她的反应，我总算明白了。一色的预算方案完全是以免费杂志能够赶上促销套餐的时限为前提制作的，并且早已经列入结算报告清单了吧。

当然，报告书是可以修改的。

但说到底还得怪某个叫什么企谷什么幡的家伙，接下委托的时候，明明自己夸下海口说几天内能够想办法搞定，但看到自己提出的专栏，却以"反正三两下就写好了，不用着急"为借口无限制拖延，最后变成这样的局面。自傲果然是要不得的……

"很……很难办对吧……嗯，那……那我再努力一把?"

"真……真的吗? 那就拜托你了……"

一色眼眶湿润地看着我。眼神中没有了平日的狡猾，只有这个时候，才能够看到一色比平日更为稚嫩的素颜。既然见到了她如此的表情，我也只有硬着头皮继续干了……

绝对不可逾越的截止日期就在眼前。

　　　　×　　　×　　　×

说真的，我已经不行了。突然说出这种丧气话真是抱歉，但这是真的。

几个小时后，一阵普通的铃声响起。

留校时间宣告结束。

那个冷酷得离谱的编辑马上就要来了，要小心点。

她出现后，要不了多久，我就完了。

一发起呆，我的脑子里就开始想些无关紧要的东西。

绝对不可逾越的截止日期正气势凶猛地袭来。第二天，在令人无比怀念的放学后，我再次踏入了学生会办公室，被一人关在里面独自干活。

昨天，在一色的恳求下，我又重整旗鼓奋斗了几个小时，最后我如同体力耗尽的千代富士，只能筋疲力尽地回到家中。

（注：千代富士是日本第58代横纲，这里吐槽他宣布退役时的话语。）

回家后，我依旧忙着赶稿，上课的时候也用手机继续编辑，但依旧看不到尽头。

透过空荡荡的学生会办公室的窗户，我呆呆地仰望着徐徐西沉的太阳。当然，原稿毫无进展。

完了，完了，完了……我明明没有咔嗒咔嗒地敲击键盘，浑身却咔嗒咔嗒地颤抖起来。就在这时，门口传来了敲门声。

"阿企，感觉怎么样了？"

说完，有人走了进来，是由比滨。她似乎是来确认进度的。

"至……至少也有七成左右吧。"

"欸，挺厉害的嘛！"

"……我是指剩下的。"

我小声地补充一句后，由比滨立即发出轻微的悲鸣。我都想发出惨叫了，为自己的无能……

我沮丧地低下头。由比滨啪嗒啪嗒地走到桌旁，轻轻拍了拍我的肩膀。

"加油！别担心，一定赶得上的！我也会陪着你一起工作的！"

在如今这种状况下，我只能将其视为监视了吧……

若在成平时，说什么我都不会答应在别人的监视下工作，但现在情况特殊。如果不维持紧张感，我说不定很快就干不下去了。唉，这要是打工的话，我肯定早就辞职了。不过现在有一色跟由比滨轮番来监视我，我说什么也得干完。男孩子得有点毅力才行……

我重新打起精神，将注意力投入到原稿中。我本想接着上次的地方继续写下去，结果直到现在，光标还停留在原地。等到我艰难地挤出几行字，一种难以言喻的绝望感顿时袭上心头。每当我看到原稿剩余的空白处，就会意识到时间太短而现有的文字数太少的现实。

一天只写了不到两成的内容。要想利用接下来的几个小时将剩下的八成内容全部完成，从物理学的角度来说是不现实的。若真能赶上，那宇宙法则都要乱套了！

正当我被现实打压得苦不堪言，旁边传来不同于敲击键盘的声响。我扭头一看，坐在我旁边的由比滨正一手拿圆珠笔一手敲着计算器。

"……你在干吗呢？"

我问完，由比滨将红笔夹在耳朵上看向我。

"嗯？我吗，我在统计总共花了多少钱。这部分总结看上去有些凌乱。"

"一色在记账方面向来喜欢草草了事……"

"嗯，确实……不过，我跟小雪会好好处理的！"由比滨苦笑着说道。

微笑着掺杂着几分大姐姐的气场，这家伙也在以自己的方式疼爱可爱的后辈呢。

但问题是，这位可爱的后辈只知道给我们添麻烦。话说回来，那家伙最初造访我们活动室的情形就挺过分的……

不过，工作也许就是这样。

有一个大骗子，他总是靠撒谎来唆使别人为他工作。这个大骗子在世间被称作"制作人"。从这点来看，一色说不定还挺有制作人的潜质。这么说来，就这次的事来讲，雪之下是监督，由比滨可以说是监督助理吧。而我只是负责打杂的底层社畜，而是每次都是。

拿出点底层人员的干劲，好好干活吧！于是我又看向了电脑。但我仍旧在重复写了删、删了写的动作，事情完全没有进展。

发展到后来，比起盯着电脑屏幕的时间，我眺望窗外的黄昏景色以及凝视墙壁钟表的时间反而更长。

时间的流逝逐渐将我的精神逼入绝境，再加上长时间面对电脑产生的疲劳感，我深深地叹了口气。

"阿企，你没事吧?"

大概是听到了我的叹息声，方才还在忙碌的由比滨立即起身走到我的身旁。然后，以担忧的表情凝视着我的脸。

她的脸离我好近，近到触手可及，我甚至能听到她的呼吸声。如此近距离的眼神对视，真让我难为情，我条件反射地将脸别了过去。

"时间上怕是来不及了……"

我小声地嘀咕了一声，突然，肩膀上传来重压感。

"来不及的话那就到时候再说嘛。"

我扭过头往后看了看，由比滨正单手搭在我的肩上。纤细的手指在我的肩膀位置握成拳状。

"我会陪你一起道歉的，而且伊吕波应该也会理解。毕竟一开始就有些胡来。"

"嗯，确实非常胡来。"

我边说着边扭动身子，企图挣脱由比滨的手，但她迟迟不肯挪开。接着，她开始非常小心地捶打我的肩膀。

"不能怪阿企啦，就算你放弃也没有人会责备你啊。又没有谁说一定要完成。"

由比滨的话语令我有些意外，因为至今为止，她从未对侍奉社接下的委托表露过任何消极的情绪。

我满脸疑惑地转过身，由比滨正面带微笑。

"……我也不想阿企你这么辛苦啊。"

"你这么说真的很狡猾啊。"

这句话很自然地从我口中迸出，不过，我知道自己的语气是温柔的，或者说，我已经被说服了。由比滨一边为我捶着肩膀，一边低声细语地劝说，我整个肩膀都变得酥软下来。

与此同时，我再次鼓起了干劲。

我还没有达观到善良的女孩子说点好话就立马给自己台阶下。对方态度越是温柔，语言越是委婉，我越不能任由她牵着鼻子走。所以，不管是多么离谱的案件，或是多么难解的难题，我都不会轻易放弃。

"很狡猾吗……"由比滨的手停了下来，轻轻搭在我肩上的手也缓缓滑了下来。

"啊，没有，我就随口一说。"

指责关心自己的人说话狡猾，这确实有些不妥。我将椅子转了过来，身子正对着由比滨。正当我惊慌失措地在脑海中搜寻合适的话语，由比滨却对我用力地点点头。

"嗯……我确实很狡猾啦！"由比滨像是明了了什么似的，以爽朗的声音和笑容说道。

我无法读懂她这副表情下的意图，只好尽量选择正确的措辞方式。

"我其实不是那个意思啦！怎么说呢？应该是相反的意思吧……"

然而，由比滨轻轻摇了摇头，打断了我的话语

"也许我真的很狡猾。每次都没有极力去阻止，也没有尽全力帮忙。而且……还有……很多其他的事情。"

也许是边想边说的缘故，由比滨的话语有些凌乱。但我相信，这一定是出自她内心的话语。正如她害羞地笑着将脸转向一边，含糊地一带而过一般，内心也一定有想隐藏的感情。

即便如此，由比滨依然笔直地看着我，似乎想将所有的感情一股脑地传达给我。

"所以！所以啊。倘若下次还有这种机会，我一定会好好努力的。"

那张真挚的笑脸以及缓缓编织的语言中，夹杂着空虚的暧昧，还有现实的味道。总有一天，谁都会认真起来的，而且必须要认真起来，只是有些人还不知道该怎么去做。但其实每个人心中的答案都是模糊的。

当然，我也不例外。所以最起码我得好好完成眼下的工作。我将椅子转回去，再次朝向电脑。

"别在意，每次都是我执意要接下的。不能怪你没有阻止我。要怪就怪那些轻易许下承诺的家伙……所以啊，我会想办法完成的。"

"……真的吗？那好好加油哟!"

由比滨以开朗的语调说完，用力推了我后背一把。

× × ×

讨厌讨厌！好想回家！我不管了！什么交稿润稿，都滚一

边去！被截止日期追着跑，一个人被关在室内工作已经快疯了！工作原稿什么的我都不干了！

我"哇"的一声扑倒在桌子上。现在整个学生会办公室就我一个人，我可以随心所欲地发泄。

把进展到一半的资料递给由比滨，让她负责将复印件带给雪之下过目后，我的集中力彻底耗尽。

想尽各种办法，总算写完了八成左右。多亏由比滨为我鼓劲，现在的我已经够努力了。

但是，剩下的两成却迟迟无法下笔。我靠在椅背上伸个懒腰，呆呆地望着天花板。啊，为什么就不能给我点灵感呢？好想早点从这项工作中脱身啊。

而且集中力不具有持续性，而是瞬发性的。所以，就算连续工作个一两天，也不可能出现什么戏剧性的进展，平日里有计划性地推进才是重点。但是，截止日期已经近在眼前，即便意识到了也毫无意义。就跟考试一样，真的。

我望着天花板，像电量耗尽的机器人似的，眼神变得呆滞。这时，门口传来响亮的敲门声。我甚至连回话的力气都没有，只是将头转到门口方向。然而，即便没人回应，那个人还是直接走了进来。

"做完了吗？"

向我发话的是肩上背着书包的雪之下。

"做完了的话……早就告诉你了。"

"说得也是。"

她点头说完，快步走到我身边，从书包里抽出一份满是红色标记的资料。

"这是我刚刚拿到的稿子，你看这里，文章写到一半，后面就漏了。"

"哦，哦。"

我接过资料，大致地浏览了一遍。从漏句的地方开始，有几处明显的错误。正当我打算在原稿上修改这些部分，旁边传来一阵叹息声。

"……你有什么事吗？"

"啊，没有，也没什么特别的事。"

雪之下略显狼狈地说完，连忙将手放到背后，接着往后退了一步，把旁边的椅子拉了过来。她在书包里摸索了一阵后，抽出一个文件夹，开始忙碌起什么。

看来雪之下也打算一边工作一边监视我。连她都亲自出马，说明截止日期真的迫在眉睫了。

没必要再给我施压了吧，我已经深刻地理解到时间的紧迫性。

将资料上标记错误的部分修改之后，我继续滚动页面，开始处理剩余的两成内容。

最后只剩下简短的几百字。

只要写完这些，空白处就能够填满。

虽说完成，但如果专栏质量太差，最后遭到严厉批评的还是担当主编的一色。我不能随便接下人家的委托，不管一色的死活。

所以，最后我得交出一份质量合格的稿件才行。在此之前，如果我编辑的内容太差，肯定会被雪之下编辑以及一色总编严格勒令重改吧。与其被逼着修改，不如现在就端正态度好好努力一把。

我使出最后的精力，不停地敲打键盘。屏幕下方显示的时间一分一秒地流逝，我也一字一句地填补着空白。

没过多久，我突然停下手中的动作，像是被冻住了一般。

同时，嘴边无意识地迸出一句无力的话语。

"……完了。"

"欸？真的？"

听到我的话语，雪之下激动地刚想要站起来，我立即伸手阻止了她，我的身体保持前倾的姿势，就这样趴在了桌上。

"我完了。不行了。什么也想不出来，一个字也写不出来……"

"原来是这个意思啊……"

雪之下失望地叹了口气，再次坐回到椅子上

"那就麻烦了，剩余时间不多了呢。"

"这个我也知道啊，可是……"

我比谁都清楚时间所剩无几的事实。可是，我的脑袋就是无法转动。是不是因为我的大脑本身工作欲望低下，所以怎么都无济于事。就像挤不出半滴水的干毛巾一样，我的大脑已经想不出任何单词。

我无力地将身子靠在椅背上，仰头看向天花板。真的束手无策了——

放在键盘上的手无力地蜷缩着，没有任何动作，身体则朝后仰着，整个人宛如虫子的尸骸一般。我就是只虫子……连截止日期都赶不上的无能羽虫。从明天起我就自称昆虫八幡好了。我的人类卡片就丢弃到大海里吧……

我望着天花板舒了口气。这时，雪之下冷不丁地出现在我的视野里。她俯视着我，神情有些不安。

"……来，这个给你的。"

说完，她将一个用手帕包起来的东西放到我胸口。

我抬起头，伸手拿了起来，手心传来一阵温暖的触感。打开可爱的印有猫爪的手帕，露出一罐麦克斯咖啡。她还想办法帮我保温了呢。

我不禁笑出了声。

"转换下心情吧。一直盯着电脑屏幕也不好，还是先稍微休息下。"

雪之下害羞地别开脸，再次坐回原来的位置，重新投身于工作。

"谢谢……"

我心怀感激地收下了这份慰问品。我扯开拉环，一边大口地喝着麦克斯咖啡，一边凝视着雪之下的侧脸。

期间，雪之下手里的动作从未停止。她默不作声地在纸张上操纵着红笔。动笔的次数似乎非常多。

"……抱歉，有这么糟糕吗?"

"欸?"

听到我的提问，雪之下抬起头。接着，她又将视线挪回手中的纸张上。她似乎理解了我话语间的含义，用红笔抵着嘴唇缓缓说道。

"……是啊。不过，也只是改改错字漏字而已，没有什么特别严重的错误。说到低级错误，那两个人要严重得多。"

雪之下莞尔一笑，以开玩笑的语气说道。她现在的样子比往常多了几分孩子气，与她的年龄非常相符。

"这样啊，我看你从刚才开始一直圈圈画画，所以有点担心。"

"哦，我只是看到你忘记标注假名，所以在纸上帮你加上了，顺便改改小错误。"

"抱歉，给你添麻烦了。"

我若无其事地道了声歉，雪之下却突然停下动作，轻轻将红笔放回桌上，接着，语气低沉地说道："……该抱歉的是

我。我早该向你确认工作进度的，我明明清楚即便是你也一样会犯错误。"

"啊，没有，是我想得太简单了。话说回来，这话什么意思？超高级的讽刺……"

雪之下露出微笑，轻轻地摇摇头。

"虽然也有这个意思，不过说到底还是太天真了。"

果然还是掺杂着讽刺啊……

不管怎么说，双方都存在判断错误。无论是对我，还是对她，甚至是对我们自己，都未能正确地加以理解。正如窗外那片无限延伸的傍晚时分的天空，难以分辨是白天还是黑夜，当你以为自己已经完全掌控，却发现它还在不断地变换颜色。

"结果，做得最少的人其实是我呢。"

雪之下眺望着窗外的夕阳，轻声嘀咕道。

"已经足够啦。我和由比滨都不擅长安排时间表、进程管理什么的。一色也只会吹牛、做糊涂账，根本不懂计划性行事……"

回答之后，我也扭头望向窗外的夕阳。尽管是同一片天空，我和她看到的颜色也一定是不一样的吧。是赤红、粉红、绯红，还是朱红、暗红，还是说是橙色呢？虽然具体是哪种颜色都不重要。

"所以啊……你还是帮了挺大的忙的。"

我将视线抽离窗外，挪回到学生会办公室内。

斜射进的夕阳为学生会办公室染上一层朱红色。我再次看向旁边的雪之下，她正低着头，看不到她的表情。只是，发丝间露出的耳朵和脖颈，都被染上了一层淡淡的朱红。

"……那就好。"

轻轻叹了口气后，雪之下缺乏自信地扭捏着身子，小声地嘀咕道。

不过，那也只是短暂的一瞬。她随即抬起头来，梳理垂在肩上的头发，以一如既往的严肃的声音说道："我会尽量争取时间，将截止日期稍微推后点。"

　　"啊，哦，哦哦……欸？还可以推后吗?"

　　我试探性地问了一句，但雪之下没有回答。

　　相反，她拿出手机拨通了某个人的电话。

　　"……由比滨？方针有所改变。要赶在预定日期前交稿的话，就要尽量将空白处填满上交，然后在最后的那一部分里混进错字，后期以修改为借口提出更正。就这样。能麻烦你顺便通知一下一色同学吗? 嗯，拜托你了。"

　　雪之下挂断电话后，向我投来"你听懂了吗"的视线。

　　"……这样好吗?"

　　"这也只是万一没赶上截止日期所能采取的紧急措施。花费在修改上的费用已经事先列入预算里了，所以问题不大。只是，如果发展到那个地步的话，就没时间做最终确认了。要演变成那样的话，也没办法吧。"

　　说完，雪之下露出微笑。她连万一发生不测事态时的最终应对手段都想好了。

　　真是的，还跟别人说自己太天真了什么的，天真的到底是谁啊?

　　嗯，其实我也不否定你的天真。只是，天真没有错，不过有时更像天邪鬼。如果可以被无限制纵容，我倒也想天真一把呢。

　　（注：天真和天邪鬼发音相似，天邪鬼是日本民俗学中的妖怪。）

　　我将剩下的麦克斯咖啡一口气喝完，用力将咖啡罐放到桌上。不锈钢的罐子与桌子碰撞在一起，发出清脆的响声。

147

"我会做到的。"

说完，我再次看向电脑屏幕。

"……是吗？那加油啊。"

静静地吐露的话虽然简短，但却清晰地传入了我的耳中。

×　　　×　　　×

不知是因为中途休息了片刻，还是麦克斯咖啡的糖分对我的大脑起了作用，为了填满空白，我的手飞快地在键盘上敲击起来。

我无暇顾及时间，马不停蹄地编写着文章，不知何时由比滨和一色也来到了学生会办公室。

三个女生在我斜对面一动不动地坐着，只是默不作声地盯着我，期待我完稿的那一刻。

好……好难写下去啊……

即便如此，我还是坚持一字一句地敲打着，直至输入最后一个文字。虽然我已经按下回车键，但手却迟迟无法收回。我只是以视线来回扫视着这篇文章，确认再也写不出更好的内容后，终于可以在心底画上一个句号。

"这次真的写完了……"

我整个身子顿时瘫软下来，向后一倒，手臂自然地垂了下来，安心地吐了口气。这时，雪之下走到我身旁。

"我可以看看吗？"

"……嗯。"

我将笔记本电脑推到她的面前，她立即开始检查起来。由比滨和一色则神情紧张地凝视着她。相反地，我却一点都不担忧。为什么这么讲？因为我已经自由了！截止日期？我才不管

148

这玩意！啊哈哈！我已经自由了！

我抑制住想要呐喊的心情，等待雪之下检查完。

没过多久，雪之下将视线抽离电脑屏幕。

"没有什么问题。一色同学，请确认一遍。"

"好……好的！"

接着，由一色进行最终确认。不过，既然雪之下已经检查过一遍，就没什么问题了吧。如此一来，我的工作终于告一段落！哎呀，没有"截止日期"这种概念的世界真是太美好了！

正当我陶醉于这份珍贵的解放感时，由比滨和雪之下相继开口。

"阿企，辛苦啦。"

"……辛苦你了。"

"啊，大家也辛苦了，拖到这么晚真是抱歉。"

哎呀哎呀，这份解放感实在是太爽了，我差点以为这些都是我凭一己之力完成的呢。不过就这次来说，如果没有她们的连番监视，我怕是早就半途而废了。

这么想来，正因为遭到监视，所以才有了现在的幸福感啊。

……也就是说，编辑和截止日期都相当于危险药品，必须受到严格管制。截止日期，绝对不允许存在。

"已经确认好了，没有问题。"

一色"啪"地关上笔记本电脑，雪之下也点点头。

"既然已经赶上最后时限了，那我们就到活动室里泡杯红茶吧。"

"庆功会，对吧？"

"对呀！"

由比滨与一色相继露出欢欣雀跃的神色，但雪之下却投来了冰冷的视线。

"你要对所有内容最后检查一遍，然后还要交给平冢老师确认。这是总编的工作。"

"唉……"

听到一色发出不情愿的声音，雪之下立即皱起了眉头。意识到危险气氛的由比滨赶紧插话。

"好啦好啦，我们会一直在的，你做完了再过来就是了。"

"呜……明白了，我会火速完成然后奔到这边来的。"

话音刚落，一色拿起红笔，瞪圆双眼逐一确认起来。我们将她丢在那里，一起拐进了走廊。

在前往活动室的路上，雪之下突然轻轻叹了口气。

"……一色同学要是从一开始就发挥出那种干劲就好了。"

"毕竟伊吕波是那种认真做便能做得很好的孩子呢。"

"你说得对，她就是那种不逼一下就不会认真干的家伙。"听完由比滨的话语，我苦笑着如此回应道。

这时，雪之下带着坏笑看向了我。

"哎呀，你在说谁呢?"

"只是一般论啦。"

　　　　×　　　×　　　×

侍奉社的取暖器好像昨天就修好了，不同于前段时间，现在的活动室非常暖和。

虽然学生会办公室也没有什么不好，但果然还是活动室更让人安心。这不是心情在作祟，该说是一种接近本能的、有点领地意识的东西。如果连续待上一年，就连猫和狗都会将这视为自己的领地。当然我也一样。

但是，由于被迫干了几天免费杂志编辑的工作，我对这片早已习惯的空间的印象变得复杂起来。

雪之下准备红茶的期间，我和由比滨负责将活动室彻底打扫一番。

我们整理好纸质资料，当作废品处理。忙碌了半晌后，我浑身无力地瘫在椅子上，这时，由比滨突然"啊"了一声。扭头一看，她拿起了拍摄时使用的照相机。

"喂，拍张照片吧！照片，咱们侍奉社的！"

由比滨刚说完，雪之下随即皱起了眉头。由比滨只好歪起头询问她的意见。等到雪之下轻轻摇头，由比滨却跟着点头。

正当她们以表情争论个不停的时候，活动室的们被推开了。

"搞定后，我马上就冲过来了！"

出现在活动室内的正是一色。哎呀，女孩子别用"搞定"这种词啦……然后，一色注意到手上拿着相机的由比滨，小声地"哦"了一声。

"哦，学生会的相机原来在这里啊，你们还要用吗？"

"有人想拍几张侍奉社的照片。"雪之下事不关己地说道。

嗯，你也是部员吧……而且，你还是部长呢！

"那我来拍吧。"

"伊吕波也一起来嘛。"

"好的，待会儿我一定来！所以，先拍一张侍奉社全员的吧。"

一色面带微笑地执意推辞，朝由比滨伸出手。或许这是一色特有的谦逊方式吧。由比滨领会到后，将相机递给了她。

"这样啊？谢谢。那拜托了！待会儿大家一起拍！"

"那个，我可没说要拍照呢……"

"小雪，你就别纠结了。"

被由比滨这么一说，雪之下顿时无言以对。嗯，反正最后

雪之下肯定会屈服的……虽然她一脸不情愿，但结果毫无悬念。虽然我也跟她一样。

只是，我突然想起那个照相机有个问题。

"……要拍也行，只是里面的内存卡已经没有容量了。"

"啊，对啊。学长在网球社拍了超多！"

"你到底拍了些什么，居然这么占容量……"雪之下无语地说道。

另一边，由比滨思考了片刻后，用力点了点头。

"网球社……是彩加吗……那就没办法了。"

"结衣学姐，你这么快就接受了吗？"

放弃对我吐槽了吗……不，说不定是得到认可了呢……正当我想着这些的时候，一色将手伸入口袋里摸索起来。

"既然没有容量，那用手机拍可以吗？"

说着，她掏出了我的手机。对啊，我的手机今天也被一色没收了。

"啊，既然没有容量，手机也可以。"

"那就用这个拍吧。"

一色朝我们眨了眨眼，快速地举起手机。这也是一色的好意吗？说真的，我实在搞不懂这家伙在想什么……

"那个，那学长就这么坐着就好，结衣学姐和雪之下学姐就站在学长身后吧。"

"好的！"

"那、那个……哈……"

一色迅速地给出指示，由比滨就挽起一脸苦相的雪之下的胳膊。如此一来，雪之下只好放弃抵抗。两个人并排站在我的身后。我的身后？

"……哎呀？等等！不觉得这个场景有点奇怪吗？我怎么

觉得很像拍全家福啊？能不能再稍微站开点？"

话说，好近！太近了！拍张照倒没什么，但问题是离这么近我会紧张啊，拜托站远点啦。

正当我挪动椅子企图保持距离时，双肩突然被按住。抬头一看，雪之下脸上挂着冰冷的微笑。

"比企谷，你就别纠结了。"

"说的是你吧……"

"伊吕波，可以了哟！"

由比滨也用力按住我的肩膀，朝一色喊道。

"那我拍了哟。好啦，茄子。"

闪光灯闪烁几次后，随即传来快门的声音。啊，我的表情非常奇怪……很像拍全家福啊……

正当我无力地耷拉着肩膀，一色快步走了过来，将手机还给了我。

"给，学长。拍的很好哟。"

说完，一色露出略显成熟的笑容。我绝对不会去询问她话语间的含义。反正也只是字面意思而已。

"阿企，把照片发给我。啊，对了，伊吕波，咱们一起拍吧！"

"好！那么，学长，拜托你拍一下哟。"

一色轻轻拍了拍我的肩膀，赶忙走到由比滨和雪之下身旁。

"我就算了吧……"

"不行，大家一起拍嘛！"

"那要怎么站呢？"

趁她们三人讨论站姿的空隙，我偷偷看了一眼自己的手机。里面有刚才在侍奉社拍的照片。

……的确，比我想象中的要好，也不像传说中的全家福。

　　而且，我不知道到时该给这张照片起什么标题。这张照片所描绘的是侍奉社的存在方式，我们的存在方式。所以，比我想象中的要好。

　　我依然不知道该如何称呼和定义。正因为无法用言语表达，才更能够彼此共享。如果能化作言语，恐怕连错误的理解方式都会一起具象化吧。

　　"阿企，快拍呀。"

　　"……知道啦。"

　　回应过由比滨，我立即站起身，将手机的摄像头对准了她们。

　　由比滨依旧露出一副活泼开朗的笑容。

　　一色还是那张标准的拍照表情。

　　被她们二人从两侧抱紧的雪之下则略带疑惑，害羞似的两颊通红。

　　如此平凡无奇的日常一幕，还能够积累多少呢？

　　等有一天我们到了看到这张照片会感到怀念的年纪，这份回忆该会伴随着怎样的痛楚呢？

　　我一边如此思考，一边按下快门。

第四章
就这样，比企谷家迎来了深夜

　　寒冬的夜风敲打着窗户，客厅的玻璃被吹得咔咔作响。我坐起横卧在被炉里的身体，看向窗外。夜色已深，黑暗中只能看到忽隐忽现的路灯光芒。

　　父母的年终结算似乎遇到了麻烦，今晚会很晚到家，家里只有我和小町。但她最近连跟我面对面说话的时间都没有。距离升学考试的时间已经所剩无几。今天她也一如既往地把自己关在房间内复习功课吧。

　　小町会不会冷啊……想到这里，我看向小町房间的方向，那里没有传来一丝声响。都这个时间了，说不定她已经睡觉了。

　　我也好想回到房间睡觉，可身体却无法抵抗被炉的舒适，我再次躺倒翻了个身，大概是被我不小心踢到，雪洞从被炉内钻出来，以不满的眼神瞟了我一眼。哎呀，对不起啦……

　　我在心里道了声歉，雪洞用力哼了下鼻子，开始梳理起自己的毛发。完后，它竖起耳朵，看向了门的方向。

　　接着，门"咔嚓"一声被打开，穿着我的旧运动衫的小町慢吞吞地走了进来。

　　"怎么了？你还没睡吗?"

　　"我好像在奇怪的时间段睡着了，现在清醒得不得了……"

　　说完，她瞪大双眼看向我。嗯，确实很清醒。肯定是一回家就倒在沙发上或者躺在被炉里，然后滚着滚着就睡着了，结果到了晚上反倒睡不着。

　　"睡不着也要去睡。不然明天会很辛苦。"

　　"嗯。肚子有点饿，先让我吃点东西嘛。"

　　小町转动着肩膀走向厨房。

　　"哇……"

　　厨房传来小町略带为难的声音。我从被炉中挪出身体，走到厨房一探究竟，此时的小町正一脸惊愕地盯着冰箱。

　　……啊，糟了！这么说来，前段时间老妈拜托我去买菜来着。难怪她那天突然打电话给我。我一心忙着做免费杂志，把这事忘得一干二净了。期间自己的饭也是随便对付的……食材貌似也只剩下一点。小町注视着空荡荡的冰箱低低地呻吟着。对不起啊，哥哥忘记去买了……不行，这样小町会因为我的过错而饿肚子！

　　"……没办法，我来给你做点吃的吧。"

　　"唉……不用啦。"

　　我拍着小町的肩膀说道，她转过身朝我摇摇头。

　　"客气什么。"

　　"不……不用啦。真的拜托你别做了。小町可不想吃坏肚子。"小町快速地挥着手，慌忙说道。

　　这家伙得表情居然还很认真……不过，做完后肯定还是会吃的，真是善良的孩子。不过，要注意你的措辞！

　　"我也饿了。反正都要做的。就顺便做好你那份啦，顺便而已嘛。"

　　我轻轻推开小町的背，站到水槽前。小町只好极不情愿地点点头。

"既然你都这么说了，那就勉强同意吧……"

说完，大概不放心我接下来会做出什么，她像是监视似的站在我背后，看着我在橱柜与冰箱里挑选食材。

我在冰箱里找到了鸡蛋、牛奶还有鱼糕，在橱柜里发现了袋装面以及咸牛肉罐头。有这么多够了吧？我把这些食材摆在台面上，小町不停地在我背后探出脑袋。

"晚上吃这些会发胖的啦……"

"没事没事，不管长成什么样，小町都非常非常可爱啦。"

"哇，你这人说话真随便。"

趁小町发着牢骚的间隙，我在锅里倒好水点好火。关键点在于水要控制在平时的七成左右。在水沸腾前，我开始处理咸牛肉和鱼糕。

小町走到我身边，打量起这几种食材。

"……难道哥哥最近的晚餐都是这样应付的？"

"没有，妈妈做好的话，我就像平常一样吃了。今天是忘记买菜了，大致就是这样吧。"

"根本没有蔬菜啊……"

"男生做饭从不讲究什么营养，没事，蔬菜什么的牛已经吃进去了。"

"牛好像只吃谷物啊……真是服了你了……"

说完，小町打开橱柜，拼命踮起脚尖将手伸了进去。

"还有海苔呢。待会儿泡点裙带菜……玉米罐头开了吧。"

"哦……看起来挺丰盛的嘛……"

我佩服地看着准备调配的小町，将手伸向牛奶盒。注意到我动作的小町立即拍了下我的手。表情异常地严肃。

"哥哥，你要用牛奶做什么？虽然不清楚你的用意，但真的好可怕，快点住手。"

"你不知道吗？放点牛奶的话，里面会带点豚骨的味道呢。"

说完，我把牛奶一口气倒进锅里。小町立即尖叫起来。

"都叫你别倒啦！"

"什么，不喜欢吗？就是要浓一点才好吃啊。"

无视在一旁抽泣的小町，我继续按自己的方式操作着。将混有鸡蛋的面捞进大碗里。再将炒好的咸牛肉和鱼糕盛出。最后把裙带菜、海苔以及玉米调好味——完成！

我推着皱起眉头站在原地的小町的后背，向被炉走去。接着将两只盛得满满的碗推到她面前，把筷子和勺子递给了她。

"来，做好了。"

小町战战兢兢地拿起筷子。不一会儿，她那张僵硬的脸颊逐渐松弛下来。

"……啊！居然很好吃呢。"

她小声地惊呼道，然后呼呼地吹起面条和汤，小心翼翼地喝了起来。看到她如此积极的反应，我总算放下心来，也跟着开始用餐。

我们俩都是猫舌头很怕烫，吃的速度非常慢。悠然自得地享受着料理的途中，小町像是想起什么似的嘀咕道："跟以前的料理相比，等级没变呢。好怀念啊。"

小町的视线移向桌上的大碗，嘴角露出了一丝柔和的微笑。

那时，小町还在上小学低年级的时候，父母偶尔会很晚到家，所以我们俩时不时会像今天这样，一起做饭，一起吃。不过确实，那时候做的饭也都是这种没有营养的男人餐，即便如此小町也没有怨言……不对，她意见可大了……不过，她还是会老老实实地吃完。这些回忆令人感到怀念的同时，也让我有些难为情呢。

"真没礼貌，明明比那时候好吃多了。袋装面可是进化了不少呢。"

"嗯！不过，哥哥倒没有进化呢！"小町愤愤地反驳道，接着便笑嘻嘻地继续说道，"但是啊，要是再认真点的话可能会更好吃。"

"是啊，要想当家庭主夫，做饭技能很重要。"

"嗯，虽然我觉得你肯定当不成……不对，该说上大学或者工作以后，你总要离开家吧？那时就必须要自己做饭啦！"

"不，我可不想离开家……"

我刚说完，小町立即以可怕而冰冷的眼神看向我。

"给我滚出去。"

"哦，哦……"

什么啊，你这么讨厌哥哥啊？我小心地窥视起小町的神情，她故意咳嗽了一声，偷偷转开视线，红着脸以战战兢兢的眼神不时地瞟向这边，同时以撒娇的语气说道："不过，要是哥哥今后也迟迟不见长进的话，小町可以考虑偶尔去假装你的分居妻子……啊，刚才那句话小町得分好高！"

"以把我赶出家门为前提得分太低……"

聊着这些无关紧要的话题的期间，我们不知不觉把面全吃完了。

"吃饱啦。"小町恭敬地低头说道，满足地吐了口气后，随即躺了下来。

"啊，招待不周真是抱歉。好了，回房睡觉吧。"

不然你会在被炉里睡着的！我如此催促道。小町若有所思地哼唧了几声，接着像是意识到什么似的"哈"了一声。

"我想吃点甜食！"

"哪有甜食?"

我只能为你提供甜美的脸蛋、甜言蜜语还有甜美的思维。小町似乎还不满足,她猛地站起身。

"那就去趟便利店吧。"

"哪有女生这么晚一个人出去?"

"找个人陪不就行了。"

小町朝我缓缓伸出手。算了,久违地当回好哥哥吧。

×　　　　×　　　　×

夜空星光璀璨。寒风肆虐,空气也十分清新。夜晚的街道被月亮、星光、街灯以及鳞次栉比的万家灯火充斥着。

通往便利店的街道上,除我们之外没有几个人影。小町的声音回荡在寂静的街道里。

"阿嚏!好冷好冷!冷死了!"

"是啊,真的超冷……"

我们俩因室内外的强烈温差而浑身颤抖起来,小町大叫了一声扑到我身上,然后顺势挽起了我的胳膊。

"……嗯,这样就暖和多了,小町得分很高。"

说着,她抬头看向我。

我嘀咕着"很难走路啊""很丢人的""故意赚分真招人嫌"之类的,伸手试图将小町的头推开。这时,小町嘟囔了一句。

"距离升学考试已经没多少时间了……考完就可以毕业了……而后就入学了啊。"

小町的表情突然变得深沉。她以阴郁的眼神凝视着被点点路灯照亮的夜晚街道。见她不安的表情,我停下了企图将她推开的手。

"小町。"

"嗯？怎么了，哥哥？"

小町抬起了头。我轻轻敲了敲她的脑袋，然后揉了揉她的头发。

"我在高中等着你。"

"……嗯。"

大概是被我压着的缘故，小町垂下了头。不过，那细小的声音里却充满力量。

夜晚的街道安静得可怕，脚下也不时打着趔趄，风寒冷得像是要将身体割开。漫长的冬夜不知何时才能迎来黎明，即使如此，时间依旧在不断地流逝。虽然头顶的天空依旧是夜晚，但春天的星座一定在某个地方眨着眼吧。

四季变换，人际关系也会不断地发展、变化。那间活动室不久后也许会有新的成员加入吧。但是还有不到一年的时间，我们也就要离开了。

冬天到来了，春天还会远吗？也许有一天，我们再也无法一起凝望这片夜空。

所以，现在就暂时让我与旁边这份温热一起。

抬头仰望星空，向前迈步吧！

后记

大家好，我是渡航。

在冬天就要结束，即将迎来新的季节的此刻，各位读者都是怎么度过的呢？我只有工作。

自打工作以后，每到年末或者临近年底的时候，总有各种繁琐的工作堆在一起，真是苦不堪言。而这次也毫不例外，依然每天废寝忘食地沉浸于工作。一切的一切都是年终结算和编辑的错（愤怒）。

不过，正因为每天过得这么充实，生活才有干劲，日子才会有滋味。感觉说完这句话后，作为社畜就合格了呢！太好了！

我的日常从来没有任何变化，常常会觉得自己在朝着毫无起伏的方向发展。不过，即便是缺乏波澜壮阔的大事件，只有平淡的日常生活，每天也会忙于喜怒哀乐，为各种纠葛烦恼忧愁，不是吗？比如被工作围绕的日常，不也经常会有"揍飞那家伙""好好教训这家伙""那家伙已经被收拾一顿了"之类的情感起伏吗？这就是社畜的日常。

在这样的"日常"中，他在思考什么，她感觉到了什么？在回想起这"日常"，并描绘出来的瞬间，又会摆出怎样的表情呢？

《我的青春恋爱喜剧果然有问题》10.5卷就是这种感觉。

以下是谢辞。

Ponkan⑧大神。伊吕波！伊吕波居然上了封面，这卷全部都是伊吕波，这卷是100%伊吕波！太棒了！非常感谢！

责任编辑星野大人。什么，下次肯定会赶上，噶哈哈！渡航说完这句就死掉了。开玩笑啦，接下来会好好干的！下次不会骗人了！非常感谢！噶哈哈！

Media Mix的相关人员。一直以来非常感谢各位的关照。TV动画开播也给大家添了非常多的麻烦，真是非常抱歉。接下来也请多多关照。

最后是尊敬的读者们。期待新书的各位，让大家久等了，实在是抱歉。本篇也在稳步进行中，若本书能给大家带来一丝温暖的体验，我将不胜荣幸。希望各位今后也能支持包括4月开始的TV动画以及改编漫画和Media Mix的《俺青春》。

好了，纸也写满了，请允许我就此搁笔。让我们在《我的青春恋爱喜剧果然有问题》11卷里再会吧！

二月某日
于千叶县某处
渡航

著作权登记号：皖登字 12131207 号

YAHARI ORE NO SEISHUN LOVE COME WA MACHIGATTEIRU. Vol.10.5
by Wataru WATARI
ⓒ2015 Wataru WATARI
illustrations by ponkanⓈ
All rights reserved.
Original Japanese edition published by SHOGAKUKAN.
Chinese translation rights in China (excluding Hong Kong, Macao and Taiwan)
arranged with SHOGAKUKAN through Shanghai Viz Communication Inc.
本作品中文简体字版由日本株式会社小学馆通过上海碧日咨询事业有限
公司授权安徽少年儿童出版社在中华人民共和国(台湾和香港、澳门特别
行政区除外)独家出版发行。

图书在版编目(CIP)数据

我的青春恋爱喜剧果然有问题. 10.5 / (日)渡航著；(日)ponkanⓈ绘；
青青译. — 合肥：安徽少年儿童出版社，2016.1 （2020.2 重印）
ISBN 978-7-5397-5702-5

Ⅰ.①我… Ⅱ.①渡…②p…③青… Ⅲ.①长篇小说 - 日本 - 现代
Ⅳ.①I313.45

中国版本图书馆 CIP 数据核字(2015)第 293299 号

WO DE QINGCHUN LIANAI XIJU GUORAN YOU WENTI
我的青春恋爱喜剧果然有问题 10.5　　　(日)渡航 / 著 (日)ponkanⓈ /绘 青青 / 译

出 版 人：徐凤梅		责任编辑：王卫东　张万晖
版权运作：古宏霞　芮　嘉		责任印制：郭　玲

出版发行：时代出版传媒股份有限公司　http://www.press-mart.com
　　　　　安徽少年儿童出版社　E-mail：ahse1984@163.com
　　　　　新浪官方微博：http://weibo.com/ahsecbs
　　　　　(安徽省合肥市翡翠路 1118 号出版传媒广场　　邮政编码：230071)
　　　　　出版部电话：(0551)63533536(办公室)　63533533(传真)
　　　　　(如发现印装质量问题，影响阅读，请与本社出版部联系调换)

印　制：合肥市宏基印刷有限公司	
开　本：787mm × 1092mm　　　1/32	印张：5.25
版　次：2016 年 1 月第 1 版	2020 年 2 月第 20 次印刷
印　数：102001~108000	

ISBN 978-7-5397-5702-5　　　　　　　　　　　定价：22.00 元